八千里路

罗 倩 著

巴蜀书社

图书在版编目（CIP）数据

八千里路 / 罗倩著 . –– 成都：巴蜀书社，2022.9
ISBN 978-7-5531-1785-0

Ⅰ . ①八… Ⅱ . ①罗… Ⅲ . ①纪实文学—中国—当代
Ⅳ . ① I25

中国版本图书馆 CIP 数据核字（2022）第 151190 号

BA QIAN LI LU
八千里路

罗　倩　著

责任编辑	白亚辉	
封面设计	唐小糖	
出　　版	巴蜀书社	
	成都市锦江区三色路 238 号新华之星 A 座 36 层	
	邮编　610023	
	总编室电话：（028）86361843	
网　　址	www.bsbook.com.cn	
发　　行	巴蜀书社	
	发行科电话：（028）86361852	
经　　销	新华书店	
照　　排	成都圣立文化传播有限公司	
印　　刷	四川金邦印务有限公司	
	成都市新都区工业东区永达路 969 号　028-86930838	
版　　次	2022 年 9 月第 1 版	
印　　次	2022 年 9 月第 1 次印刷	
成品尺寸	155mm×225mm	
印　　张	13	
字　　数	180 千	
书　　号	ISBN 978-7-5531-1785-0	
定　　价	68.00 元	

本书如有印装质量问题，请与印刷厂联系调换

老兵新传

李春雷

2021年8月，我在四川省广元市昭化区采访89岁的抗美援朝老兵李化武。

陪同者，正是区委宣传部干部、区作协主席罗倩。

那时，罗倩已经为李化武写出了许多文字，还获得省、市奖项。她毫无保留地将几年来收集整理的资料交给我，以供创作参考。

今年4月，我以李化武为题材创作的短篇纪实文学《庄严的军礼》（又名《老兵》）在《人民日报》发表后，社会反响良好。应该说，这里面有她的一份贡献。

罗倩告诉我，她在创作一部长篇纪实文学。说实话，我有些担忧。倒不是不相信她的才华，毕竟书写一位抗美援朝老英雄很不容易，那些硝烟岁月距离她实在太远了，要写实、写好、写出人物的精气神更是难上加难，而她，仅仅是一个三十出头的小女子。

与此同时，我又充满期待。罗倩对李化武的情感之真挚之炽热，我有深切感受。关于李化武的一生，她能脱口而出、娓娓道来，对老英雄的关心和照护更是无微不至。李化武对她也是信赖有加，不管什么场合总是一开口就叫她"小罗"。

当我收到样稿，细细品读，既惊又喜。品读之后，深受触动，对李化武有了更为全面的认知。

八千里路云和月。

罗倩倾情讲述了李化武历经的舍生忘死、以身许国的征战之路，挑战自我、身残志坚的新生之路，自立自强、艰苦卓绝的奋斗之路，无私奉献、桑榆未晚的奉献之路。这个故事真实而传奇、励志而走心。李化武一生爱党、初心不改，这坚定的信仰贯穿全程。他一路向前走，即便失去双前臂和右眼，危难时刻义无反顾，平凡之中历久弥坚，红色信念坚定不移，英雄精神代代传承。

罗倩用她的文字，一字一句勾勒出李化武的生动容貌、真实状态以及英雄血肉和精神高度。既有战争中壮怀激烈的高亢，又有和平时代千回百转的家国情怀，朴实而不失鲜活，简洁而不失厚重，有力而不失灵动，自带超凡脱俗的神韵，又有深情相拥的体温。

像这样的长篇文本，必须要有稳定、持久的思想激情、情感激情和生命激情为其内在支撑。罗倩就有这样的激情。

罗倩的《八千里路》是目前书写李化武老英雄最完整、最全面的一部纪实文学佳作。其文字洗练，脉络清晰，资料翔实，文学性、史料性、可读性俱佳。当你读完全书，李化武就站在你面前了。既能体会到抗美援朝老兵的丰厚精神底蕴，又能感受到随处跃动着的创造历史的炽烈情怀，以及中华民族生生不息的奋斗力量。

文如其人，文章的气质就是作者的气质。之前，我读过罗倩的散文集《半亩原乡》《山月归你你归我》。转型纪实文学，她虽是初次尝试，但已凸显其典雅细致、清丽和美、朴实内敛的艺术风格。

无论是血与火的历史，还是生活的磨难和挑战，她都真情讲述，文笔细腻，思想深邃，语言富有张力，没有生硬和呆板的痕迹。她着力打造文字在场的真实体验，使人物、景物、事理交相呼应、互为映衬，使读者能跟着文字走进人物的灵魂深处。

　　"文以气为主，气盛则壮。"罗倩文中的这股气，来自躬身力行，来自生活体验，更来自她较强的共情能力。

　　她的写作，不是人云亦云的简单铺排和描述，而是深入最真实、最火热的现实生活，追求采访路上的不断深入和写作之中的深度共情。而这也是文学创作，尤其是纪实文学创作的活力之源、情感之源。与其说她笔墨中勃发出人性之美，不如说是她本就美好的心灵质地和丰赡的积累，和由此发酵酿造而得的人文情怀、思想境界。这些文字，也便自然而然地流淌出来，一如她文中所说，"而一个又一个中国故事，仍在继续。它们，自自然然地生长着，生长着……"

　　她采用第一人称，将自己置身其中，让故事更加丰润而富有立体感，实现了个人化叙述与宏大视野的结合。这是她与李化武几年来细致交流和悉心陪伴的结果，在某种程度上，他们已经亲如"爷孙"。而要为一位老英雄创作一部长篇纪实文学，其付出的脚力和辛苦，是难以想象的。罗倩做到了与受访者共情共振，与读者共鸣共享，以文学的方式去讲述打动人心的故事，并在不经意间将各自气息和共同向往表现得淋漓尽致。

不得不说，罗倩是切切实实讲好了李化武的故事，而这关键除了那份真情，我认为，还在于细节的巧用。

罗倩做到了兼顾文学艺术形象与深度描摹现实的良好结合。营造好气氛和气场，贴着人物运动中的细节写，看似随意，却是苦心经营。将人物与细节紧紧相连，化繁为简，以小示大，其节奏、意蕴就都在其中了。

广元，是我曾经向往而结缘的地方。

2018年，我在这里进行文学交流，创作了一篇纪实散文《蜀道闪》，在《人民日报》和《中国作家》上发表，并且获得了第七届《中国作家》剑门关文学奖一等奖。

颁奖仪式放在素有"巴蜀第一县、蜀国第二都"之称的广元昭化古城。也就是那次，我认识了罗倩。她承担了嘉宾接待和活动组织等工作。几天里，风轻雨细，而她的声音更轻、心更细，方方面面十分周全。年纪轻轻，富有文气，让人印象深刻。

这几年，罗倩笔耕不辍，但选择书写李化武这样一个重大题材，对她而言，无疑是一个很大的挑战。难能可贵的是她不仅能像李化武一样勇于挑战自我、战胜重重困难，且凭着一腔热血，潜心创作出了这部新时代的纪实文学力作。

可以说，我见证了一个青年作家的长成。

未来，前景可期；文学，大有可为。

是为序。

李春雷，中国作家协会全委会委员，河北省作家协会副主席，中国报告文学学会副会长。曾获鲁迅文学奖（第三届和第七届）、全国"五个一工程奖"、徐迟报告文学奖（蝉联三届）、全国优秀短篇报告文学奖等，被誉为"中国短篇报告文学之王"。其主要作品有散文集《那一年，我十八岁》，长篇报告文学《钢铁是这样炼成的》《宝山》《摇着轮椅上北大》等38部，中短篇报告文学《木棉花开》《夜宿棚花村》和《朋友——习近平与贾大山交往纪事》等200余篇。

目 录 CONTENTS

3 Chapter THREE
迈步从头越

4 Chapter FOUR
征程未下鞍

Chapter
ONE *1* 断鸿声声远

苦难童年

"指不定哪天，我也能成了一名党员呢。"

能文能武，光宗耀祖。

岁月流转中，这样的期愿，渐渐长成枝繁叶茂的大树，其绵绵的根系深深扎在人们的心间。

……

"哇——哇——"清脆的啼哭声打破了山沟沟里半夜子时的宁静。

"男娃，是个男娃。"破旧的屋子里，一家人高兴不已。父亲摸摸大儿子李化文的头，就着昏暗的桐油灯，再瞅瞅怀里用旧布裹着的这呱呱坠地的小家伙儿："这个娃，就叫李化武吧。"

时值1933年12月29日。

几年后，家里再添一儿子，父亲为他取名李化全。

如此，便"文武双全"了。

这个隐匿在秦巴山区褶皱里的小山村实在是太贫困了，村民们大字不识一个，对外界也知之甚少，但对孩子们的希冀不言而喻。

父母之心，大抵如此。

李化武还有两个姐姐。他们一家7口人，挤在两间破草房里，只有两亩薄田。租种地主的土地，一年忙到头，分成、交租后，竟然没有粮吃，没有衣穿，日子一贫如洗，困顿薄绝。

对于生在这样家庭的孩子来说，读书上学是天大的奢侈，哪怕只一天，或者一堂课。

实在没办法了，母亲一咬牙，含着泪将李化武送到地主家放牛。

那时，李化武还不到10岁。每天起早贪黑，放牛的同时还要捡拾柴火或割草。天晴下雨，寒来暑往，漫山遍野都是他忙不完的单薄身影，足迹又稚嫩、又老练。

放牛是没有工钱的，只管吃管穿。

说是管吃，却热一顿、冷一顿，多是残羹剩饭，还压根儿吃不饱。说是管穿，过年时才给缝一两件单薄的衣裳，冬天只能把破衣烂片裹在身上保暖，晚上就着烂棉絮、盖着蓑衣瑟缩着睡在火堆边……

挨打挨骂也是常有的事。

八千里路

那屈辱，那愁苦，那痛楚，像一根根刺，嵌进他年幼的骨子里，啮噬着他的身心。

好不凄凉！

1948年10月，李化武的哥哥李化文不幸被抓了壮丁。

出川后，行至陕西宁强，李化文假借上厕所开了小差。在崇山峻岭的小路间，他慌慌张张地拼命往家的方向逃，脚上的草鞋完全磨破了，就赤着脚，踉踉跄跄奔行了100多公里。

等迈进家门，李化文的一双脚血流肉烂。很久过去，伤口都无法愈合，后来感染，化了脓，越来越严重，实在没钱医治，只有用当地一种草药以毒攻毒，剧痛无比不说，还生生拖成了大病，煎熬一年，终究无力回天，含恨离开了人世。

20岁。

他才20岁呀！

残酷的命运不曾有半点怜悯。

窘迫的家里，连棺材板都置办不起，别说棺材了。邻里见其可怜，借给了四张旧木楼板，上下左右合拢，钉成一个"火匣子"，哥哥就这样被草草下葬。

一家人悲愤不已，又能奈何？

呜呼哀哉！

好在，不久后便见到了曙光。

1949年，中华人民共和国成立了！压在中国人民头上的"三座大山"被彻底推翻，人民从此翻身。

纷乱的世道远去，日子有了新的盼头，有了盼头，就有了奔头。

李化武满腔热情，干劲十足，耕田耙地、碾米磨面、砍柴挑水、烧火做饭……就没有他不会的。他帮母亲把家里拾掇得干干净净、有条不紊。他还跟着父亲贩粮，背着五六十斤粮食步行几十公里去转卖，尽管辛勤劳动获得的收益还十分微薄，但格外心安。

"没有共产党就没有新中国。"那个时候的李化武对"共产党"的了解还不深，但他知道是共产党让他和他的家乡从黑暗的深山走向坦途。很快，大家便体会到共产党带来的崭新气象，乾坤泰然。那是希望中的日子该有的模样。

"共产党"仿佛是绽放在心头的一束阳光，明亮又温暖。

"指不定哪天，我也能成了一名党员呢。"李化武常常这样想。

不知不觉间，他的个儿蹭蹭蹭往上长，比同龄孩子高出了许多。

是个大小子啦！

这年，他17岁

"只有保家卫国，我们老百姓才不至于吃二遍苦。"

瑞雪过后，朝阳初露。

中央人民广播电台的电波，将1951年第一天的《人民日报》社论《在伟大爱国主义旗帜下巩固我们的伟大祖国》，传向四面八方……

不久后，征兵的消息传到家乡，李化武的脑子里突然闪过一个念头。

他被自己惊得一个激灵，很快又冷静下来，确认了自己的想法。是啊，曾经的剥削和战争带来的苦难，像烫红的烙铁给他留下深刻的印记，也让他骨子里变得硬气。

好几个晚上，李化武辗转反侧，久久不能入眠。他着实不知道该如何向父母开这个口，可是时间紧迫，容不得一拖再拖。

"我要报名，我要当兵！"这天，他还是鼓足勇气跟父母说出了自己的心意。

父母先是惊诧地瞪大了眼，而后，低垂着头，沉默，长时间的沉默。

李化武知道，哥哥的离开让父母已经失去了一个儿子，他们害怕再失去他这个儿子。

几天时间里，父母迟迟没有表态。隔着裂痕斑驳的墙，父母低沉的哀叹，李化武听得真真切切，他心如芒刺，但主意已定。

他极力劝慰父母："我们以前过的是啥日子，简直牛马不如，好不容易解放了，有了盼头。"

父母虽然没有文化，但走过那段艰苦岁月，历经沧桑，又切身感受了今夕巨变，他们深谙这道理，只是要将儿子送上那生死难卜的战场，如何舍得啊？

可怜天下父母心。

"只有保家卫国，我们老百姓才不至于吃二遍苦。"

"大哥走的时候，跟我说只有国家安定了，我们才会有好日子过。"

"别个家的儿子都能去，我又咋个不能去？"

……

儿子有心报国，不能拖了他的后腿。

父母不再言说，点头默认，泪水涟涟。

这年4月，父亲李大秀带着李化武报了名。

报名以后，李化武天天披星戴月干活。他想在临行前帮家人多做一点是一点，这一走，不晓得何年何月才能回来，不晓得还能不能活着回来。

出发当天，征兵干部一大早找到李化武时，他正在玉米地里锄草。他停下锄头，望着脚下绿油油的玉米苗儿，心里像打翻了五味瓶。决定放下锄头扛起枪炮，他感到热血沸腾、无所畏惧，只是对家和亲人有万般不舍，但一想到舍了小家是为了更安定的国家，他也就义无反顾了。

他不曾预料到的是，这次放下的锄头，他这辈子都再也无法拿起。

朴实的山里人大都不太善于表露感情。父母东一句西一句，零星叮嘱了一些，顿了顿，便催促道："娃儿，走嘛，走嘛，莫让人等久了。"

李化武转身出发。母亲扯起她那旧蓝布斜襟褂子，直揩眼泪。

此后，便远隔千山万水。

李化武不忍心回头看，他加快了脚步。他知道，要是走慢了，会控制不住想家。

这年，他17岁。

乘"闷罐车"北上

"没电没水，又不透风，车里闷热得不行，确实是'闷罐儿'。"

广元县（今四川省广元市）此次报名参军的有几十人，李化武和他们在东山公园旁的神皇庙歇了一宿。

次日，验兵。

验兵采取长跑的方式，简单，直接。坝子里，一圈接着一圈，竟无一人掉队，全员通过。

随后，他们步行至宝轮院（今广元市利州区宝轮镇）一个山沟里。李化武穿上了崭新的军装，学习军人内务整理。

一星期后，他们登上了去往陕西的军用汽车。

一路上，大家唱着新学会的歌。歌声中，这些跳动着的年轻的心同频共振，铿锵有力，气壮山河。

翻过秦岭，在陕西宝鸡，停滞三天，等各地新兵会合，换乘"闷罐车"前往东北。

"闷罐车"又称代客车，是利用铁路棚车代替客车运送人员的车辆。这种车原本是用来运输货物的，车厢只有几个通风窗口，不大，一尺见方，没有座椅，地板由粗糙的木板铺成，还有不少缝隙。

李化武按照统一指挥，登上了"闷罐车"。几个人合力关闭了车厢推拉式的铁门，整个车厢一下子黑洞洞的。

汽笛拉响，长长的闷罐子军列喷吐着浓浓的蒸汽，缓缓驶出站。不少新兵眼中噙着泪水。

两人一组，共用一床四四方方的黄油布。铺上油布，再铺上各自背包里的褥子，就着这硬邦邦的地铺而坐卧。

"没电没水，又不透风，车里闷热得不行，确实是'闷罐儿'。"李化武这样想着，在汗水的浸泡中迷迷糊糊睡去。

逢站必停，逢车必让。什么时候停，什么时候走，大家一概不知，有时一停就是几个小时，备感煎熬。

到了军供站，才能吃上一顿热食，车也才能加水加煤。匆匆忙忙吃完饭又呼啦啦爬回车上，继续缓缓驶向下一站。

伴随着呜呜的风声，列车穿过一座又一座山峰。车轮与铁轨重重摩擦，"咣当——咣当——"的声音在山谷回荡，也在每个人心中碰撞。

透过车厢门口的小缝隙，能够看到外面的景象。李化武有时候也坐到门口，那一闪一闪的风景从眼前晃过，他的思绪被拉扯得很远很远。凉凉的清风挤进闷热的车里，带着老家花草的清香。

白天，黑夜，前进，前行。

终于抵达安东（今辽宁省丹东市）。他们接受了为期一月的军事技能训练。说是整训，其实就是学习列队训练、内务整理、紧急集合、打背包等。时间太紧，根本没有条件系统化训练，但训练场上，热浪如潮。

披坚执锐

"豁出去了！"

暮色中，载着抗美援朝战士的列车驶过长虹般的大桥，驶向了另一端。

一江之隔，一衣带水。

这距离，虽不过几百米，又极其远，隔着生与死。

李化武在车门缝处回望祖国的方向，他的眼里跳动着旧木桌上母亲点燃的那盏桐油灯的火光，渐渐地，那样的光越聚越多。

一灯如豆，万点星光。

车子继续前行。李化武转过身，向着前方未知的黑暗，他知道，背后是家国的光明和温暖。

这一路，李化武感到内心有一种炽热在滋长。

年轻的心，被一层层镀上了红色。那是信心的红，信念的红，信仰的红。

终于抵达朝鲜阳德。

向金化地区集结的途中，因不通火车，战士们只能步行。

途经之处，城镇乡村几乎都是坍塌的房屋和密密麻麻的弹坑，一些粗乱的钢筋或残缺的烟囱参差地翘着，守着最后的倔强；有的废墟瓦砾上还能看见燃烧了一半的衣衫和孩子的小鞋袜，或者一滩一滩已经干涸的暗红血迹；成片成片的树林被削平，焦黑的树桩子戳在凌乱的地上……

敌机轰鸣，满目疮痍。李化武的心情变得越发沉重。

夜行昼伏，部队的"白天"始于夜幕降临的时候，拂晓时挖好掩体，完成隐蔽。暗夜里，队伍静悄悄地前行，只有低沉的口令声和急促的脚步声。每个人背着高粱米、炒面、炒米、饼干等干粮及沉重的行军包，循着人迹罕至的羊肠小道翻山越岭。即便夜黑如墨，即便地域陌生，他们仍要在几个小时内于陡峭狭窄的小路上行进七八十里。

6月，正值雨季，连日雨水，从空中来，从山头来，从树根和草叶上来，哗啦啦，哗啦啦，铺天盖地，气势汹涌，无边无际。山间泥泞湿滑，不断有人栽跟头或滑下山坡，接着又马上爬起来，跑几步跟紧队伍，唯恐掉下一步。

那时，国家刚解放不久，物资还很匮乏，部队里没有雨衣，便用"闷罐车"上使用的那个四四方方的油布替代。白天把油布铺在林间的地上，两个人挤在一处稍作休息；晚上行军遇到下雨，两人只有一床油布，你用，我就没得用，我用，你就没得用，只能一人用来遮雨另一人淋着，轮换着用。常常是顶着大雨，冒着热汗，从头到脚，雨水与汗水交融，衣裤紧紧裹在身上，完全湿透，越走越沉。雨时大时小，时断时续，好不容易用体温将身子烘干，迎来一阵雨，又湿透，再烘干，再湿透……昼夜温差大，湿衣粘在身上，冷得叫人直"打摆子"。

干粮遇水，慢慢发霉发黑，即便变质了也不能丢掉，小口小口咀嚼，又苦又涩，还舍不得一下子咽下去。一袋干粮是7天乃至10天的全部给养，能省一点儿是一点儿。谁知道下一秒会发生什么呢？所谓点补点补，点到为止，至于肠胃的空隙，自有河沟的水来填满。很多时候，喝到嘴里，还带着马屎味儿或者炮轰过后附着火药味儿的泥沙水。

连日高强度行军，战士们的脚板一开始是打了血泡，沁出血水，慢慢地，脚前掌、脚后跟被都磨得血淋淋的，没办法就侧着脚走，脚内侧、脚外侧全部溃烂，于是踮着脚走，脚趾又被磨破，一个个疼得龇牙咧嘴，走起来一瘸一拐……

李化武感觉到脚下一片又一片温热黏稠的液体渗出来，把黄布胶底解放鞋、白布袜子和他湿漉漉的脚板、脚面粘连在一起。他知道，那是血。想起哥哥那双溃烂的脚，他再次眼涩鼻酸，身心疼痛加剧。

都是才十七八岁的"新兵蛋子"，一些娃走得痛哭流涕，但绝不掉队。

李化武没出声，迅速用袖子揩去滑落的泪水，甚至没人发现他哭了。大概，故乡坚毅的群山也造就了他性格里的硬气。

不管怎样艰难，既然选择了，就得勇往直前。

走得实在是疲惫极了，尤其是临近黎明，歪歪斜斜拖沓着步子，困倦袭扰，走着走着就能睡着，深一脚浅一脚地，往往又被自己给磕醒。

有时前方因为某种情况暂停行进，后面的战友就会顺势撞倒在前面战友的背上，像极了一连串"车厢"顶撞上去。

也不能随意抽烟解乏，等敌军侦察机飞过之后，才小心翼翼从小布袋里取出一小撮烟丝，按进卷起来的纸筒里，轻轻点燃火，双手捂着，再点燃烟，吸的时候也得双手捂着，几口猛吸，生怕暴露一点点烟火星子。

李化武说，当时的班长是广元城里的一个学生。熟悉的家乡方言，让他们在他乡结下了深厚的情谊。

那天休整时，班长去捡柴火，就再也没能归队。

李化武知道，这就是战争。

整整花了18天，他们才走到了正式部队所驻扎的营地。

这一路，大家憋足一口气，骨头缝里血脉偾张。

新兵补充到正式部队。

李化武如愿以偿，成为中国人民志愿军12军35师105团3营7连4排3班一名战士。

因个头高、视力好、体力旺，李化武被安排使用60毫米口径迫击炮。这炮又称"小六〇"，口径不大，准头却不小，打击敌火力点和散兵坑通常得心应手。1门炮配置4名战士。

李化武由老兵带着学习使用"60"炮。

在农村长大的他，哪里见过这样的武器？他既兴奋又新奇。

李化武的目力那叫一个好，甚至连他自己都不敢相信。训练测验距离，他手臂一伸，大拇指一竖，给出的数字与实地测量的数字竟相差无几。

他也很快掌握了架炮、装填、发射等技术和行军、

八千里路

输送、变更部署等战术。李化武作为一名架炮手、瞄准手，在行军中，负责运输炮架；在战斗中，负责瞄准和下达发射口令。

营地根本没有住房，也没有练兵场。房屋几乎只剩残垣断壁，老百姓都逃到山沟里躲了起来。

部队宿营就在山沟的防空洞中，木头横竖固定便是床，钉子钉牢树枝就作门帘。遇到先前部队留下的防空洞还好，要是遇不到，就得现挖。有时候，就直接宿在林间，"天作帐，地作床"。

那时，搜索空中目标靠耳听目视，躲避空袭全靠隐蔽。

这年11月的一个傍晚，暗云低垂，从西北而来的寒风一阵紧过一阵，不久，密密匝匝落下一场雪。漫山遍野一片银白，雪花盘旋，林间回响着"呜呜"的低吼声，让人不由得毛骨悚然。

突然，枪声和手榴弹的爆炸声如惊雷般响彻寒夜。

紧接着，远远近近的枪声一片，伴随着"轰隆隆，轰隆隆"的巨响，炸弹雨点般倾泻，石屑翻飞，烈火熊熊，浓烟弥漫。

枪林弹雨里，敌军向阵地急冲过来，杀气腾腾。越来越近，越来越近，战士们猛烈倾泻火力，"哒哒哒"的机枪声此起彼伏，密密麻麻的手榴弹在敌群中爆开了花。

这是李化武生平第一次真正投身战斗。

有一瞬间，他内心焦灼着恐惧和迷茫，很快便被震耳欲聋的炮火声覆盖，猛地醒过神来。借着火光，李化武看到了战友们脸上闪耀着的红色光芒。

"豁出去了！"

他双目炯炯，紧盯前方，竖起右手大拇指，测距瞄准，下达指令。他和战友们配合默契，娴熟地操纵"60"炮，一发发炮弹接连飞向敌群，炮声、枪声和着他们的怒吼声，在夜幕中隆隆回响。

战士们个个血脉偾张、斗志昂扬，恨不得眼里都能喷出火来，一阵猛打。

4个多小时鏖战，最终，战士们牢牢守住了阵地。

这次阻击战，打得热血沸腾、酣畅淋漓。

借着月光和雪地的反光，轻武器发挥出了巨大效能。利用天气和地形应对铁的狂涛和火的洪流，这是制胜法宝之一。

阵地上一片欢腾。

雪，依然纷纷扬扬，慢慢覆盖了森林，覆盖了丝丝缕缕冒着烟的灰烬，覆盖了深深浅浅的弹坑，覆盖了黑色焦土上黏糊糊的斑斑血肉……

这次小胜利，让李化武体会到了前所未有的骄傲和自豪。远望，混沌风雪中，重重山影，若隐若现，朦朦胧胧，一幕比一幕深，一幕比一幕浓，延展，延展，直至深邃的苍穹。

他突然好想好想家中的父母。

目光蜿蜒出家乡的山路。此时此刻，许是月色如水，安详而宁静吧。

爬冰卧雪

"不怕在枪林弹雨中打仗，就怕饿着肚子浑身没劲，心里发慌。"

部队回到山沟的防空洞，学习整顿，隐蔽练兵。

深秋开始，雾锁山河，风里带着惯常的萧瑟和凛冽的寒意。

等到冬季，宿营时，战士们只脱去外面的棉衣棉裤，你抱着我的脚，我抱着你的脚，穿插着并排躺下，互相取暖，将被子蒙在头上保温。就这样也还是一直不暖和，也不能一觉睡到天亮，睡两三个小时，站岗的哨兵就叫醒大家起来运动，搓搓手，踢踢腿，蹦一蹦，跳一跳，等身上回暖过来，嘴里能哈出热气，才能再躺下去继续睡。如果不爬起来活动活动，就可能永远不会再醒来。

由于下雨或化雪，棉被和衣服都湿漉漉的，一股浓浓的霉臭味。

坑道里缺水，连润润嗓子都是奢望，更别说洗脸刷牙了，每个人身上都长满虱子，奇痒难忍。一个个头发、胡子又长又乱，蓬头垢面，浑身又脏又臭……

敌机来，他们就紧急隐蔽；敌机走，他们就构筑工事。修防空洞，挖交通壕，地面冻得比石头都硬，用军锹、镐头挖下去也就是一个白点，还时常把双手震得出血，血液又很快凝固，每个人的手掌都结着一层厚厚的坚硬的血茧。

12月，换防。

漫山遍野，冰雪覆盖，狂风呼啸。

白天，他们就着油布在树旁、山崖下稍作休息，透骨的寒气中，薄薄的棉衣根本御不了寒。实在受不了的时候，便三五个人搂抱在一起，身体抖如筛糠，牙齿"咔吧咔吧"打战。

晚上，气温下降到零下三四十摄氏度。他们裹着棉衣，弓着身子，蹚过尺来高的积雪，翻越崇山峻岭，秘密行军。细窄的小路上全是冰雪，另一侧就是悬崖，为了赶时间，大家都是小跑，有的失足跌落到了山沟。实在是冷极了，冻得不行，疼得不行，麻木得不行，有的稍停下喘口气便再也走不动了，有的走着走着躺下了就再也没有站起来。大家哈出的热气很快结成冰霜，挂满帽檐、眉毛、口唇，一个个像老头儿一样。因为一路疾行，汗水湿透全身，稍微一停再一冻，衣裤就变得如同硬邦邦的盔甲，还挂着冰凌，一走起来哗啦哗啦响，应和着单层胶底鞋踩在冰雪上的唰唰声以及远远近近牙齿打战的咯咯声。

天气一天冷过一天，脚也一天比一天凉。李化武发现自己的脚不知何时变得通红且明亮，肿得像家乡的酵面馒头。用手指按一下，便是一个浅浅的圆坑，要好一阵子才能恢复到原来的模样。那滋味，如同虫噬，又痒又痛。

哥哥那双脚的样子再次浮现在眼前。难道兄弟俩都要因为一双脚殒命不成？

终于抵达需要坚守的阵地。

此地陡峭险峻，山高风寒。

李化武和战友们在这里一守就是好些天。寒风一阵猛过一阵，刀削斧砍一样，交通壕蓄满深深浅浅的雪窝。

炊事员隐藏在山沟里秘密做饭。但侦查机密集，加之封锁了道路，饭菜根本送不到山上来。

饥寒交迫，身体慢慢变得麻木，变得僵硬。他们只能吃身上带着的有限的饼干和炒面。饼干吃完，就只剩炒面了。

这炒面是用70%的小麦，30%的大豆、高粱米或玉米等原料，炒熟、磨碎，加一些食盐，混合制成。本就极度缺水，口干舌燥，干巴巴的炒面粉末像碎玻璃一样难以下咽，有时被呛得从鼻孔里喷出来，又苦又涩。于是，他们就一手从随身斜挎的长管布袋里抓一把炒面往嘴里一塞，一手从地上抓一把冰雪，一口炒面，一口冰雪。得小口小口地吃，稍有不慎，一个喷嚏就全浪费了。

后来，炒面也吃完了，就只有在雪下的焦土里刨野草或草根充饥。有整整三天三夜，他们没有吃上一口粮。饿慌了，嚼雪为水，以雪当饭，猛地刨几口，脑门儿被冰得生疼，随之感觉浑身通透，从头顶凉到脚心。

"不怕在枪林弹雨中打仗，就怕饿着肚子浑身没劲，心里发慌。"

饥饿和寒冷把他们推到了承受力的极限。一个个颧骨突出，两眼深陷，嘴唇上全是干裂的血口子。不少战士还得了口角炎和夜盲症。

一股香气在漫漫寒夜里飘散开来，大家鼻子一阵发痒，不由得使劲抽动。

"啥味儿？好香。"

"肉味儿吧，就快过年啦。"

"是啊，等过年，说不定能……能吃上好吃的，我听人讲，去年过年就是吃的罐头。"

"就是，就是。"

"说有猪肉的，还有牛肉的呢。"

"等打完仗，回到家，我们也能吃到好吃的。"

"嗯，还是家里的饭最好吃。"

"是嘞。"

……

大家你一句我一句，一个一个的肚子打着拍子，咕咕直叫。

冰冷的双手缓慢而又机械地摸索着自己的炒面袋，他们翻找过无数次了，也清楚自己的身上不可能再有任何吃的东西，可还是翻找着，一边翻找一边咽口水一边哆哆嗦嗦联想着新年的"大餐"，恨不能将装干粮的袋子含在嘴里吸出点味儿来。

又一阵风来，香气似乎越发浓郁了些……

炮火隆隆中

12月19日，冷月寒星。

战火又燃起。

先是飞机轰炸，接着密集的炮火此起彼伏，巨响震人心魄，无数条弹道编织的火舌，肆意跃动，凶猛而贪婪地舐舐着夜空。爆炸的气浪呛得人喘不过气来，睁不开眼。

"誓与阵地共存亡！"

这是战士们的口号，是职责，也是信念。

精神所在，就是力量所在；血脉所系，就是动力所系。

都是在赖以生存的苦难大地上生活过来、战斗过来的，每个人都不缺苦难的过去，每个人都有战胜苦难岁月的勇气。

战士们无不以一当十，气势凛然。

李化武和战友们将一发发"60"炮炮弹向纵深打去，火光闪过，一连串轰隆隆的爆炸声传了回来。

冰山火海，浓烟滚滚，泥土、碎石哗啦啦迸溅。

敌军连续猛烈进攻三次，三次都未攻上来。第四次，还是没能攻上来。

战士们斗志满满，伴随着高亢激昂的冲锋号声，开始发起反击冲锋。

"同志们！冲——啊！"

"冲——啊！"

"冲——"

战士们几乎用整个生命凝成呐喊声，纷纷跃出坑道，有的端着乌黑的机枪，有的提着手榴弹，猛虎下山般扑过去。

轰隆声震动天地，在密集的火网里，一拨一拨战士被击中，但是，他们无所畏惧。前面的战士倒下了，又一拨一拨接着上，有如碧海波涛，一浪紧接着一浪，义无反顾。

李化武扛着30多斤的炮架紧跟班长身后，在枪林弹雨里穿梭。那时，他无所畏惧。

在距离制定点位不足50米的地方，李化武听到"呜呜"的尖厉呼啸声，他知道，定是一颗炮弹迎面飞了过

来。大事不妙，附近又无合适的掩体，他顺势就地一趴，将武器置于胸下，双手护住头。

沉闷声中，炮弹落下，随着"轰隆"一声巨响，在他前方崩炸开来。

飞沙走石，气浪翻涌，身躯也炸裂了一般，眼前一道火光闪耀，烟尘四起，血雾漫天。

一记重击，随即两眼呼地一黑，李化武昏死过去……

英雄折翼

"这辈子恐是再也不能为党和人民服务了，至少再也不能回到部队继续战斗了！"

等李化武迷迷糊糊醒来，已是三天三夜之后。

一团黑云死沉沉地压在头上，这个脑袋又晕又涨，一片混沌。待隐隐感觉到翳塞的浊物稍稍沉淀，他才艰难地将厚重的眼皮撑开一道小缝，巨大的刺痛感猛然袭来。右眼漆黑一片，什么也看不到；左眼勉勉强强能看见一丝微光，乌云遮月般。他集聚起一点力气，缓缓眨了眨眼，依旧朦朦胧胧。眼睛、额头、脸颊……不止整张脸，整个身子都在疼。

浓浓的血腥味儿浸入肺腑。

他想要揉揉眼睛，看得清楚些，身体却不是自己的，根本不听使唤——两只手臂被木板紧紧包夹住，一动也不能动。

"我在哪儿？我怎么了？"

他努力回想，可稍微一动脑子，便头痛欲裂、天昏地暗，仿佛坠入深渊，越来越黑。

他侧过脸，试着再一次撑开眼，用力微微支棱起脖子，好不容易才露出带着层层重影的轮廓——木板包着的左手肘关节之下，居然不在了。

他不敢相信，又努力将目光侧向另一边，竭尽全力。在模糊的视线里，他略微看到，也大概认识到，他的右手肘关节之下，似乎也不在了……

这，这，这不可能，这不可能，不可能啊……

两截手臂像被冻在寒冰之中，伴随着刀割剑刺一样的疼痛，加之失血过多，李化武气力微弱，恍惚不已，从里到外蔓延着困乏、瓦解的感觉。

卫生员告诉他："这是防空洞，你已经昏迷了三天三夜，我们都以为你可能不会醒来了……"

"我的手？"

"没保住。转到我们这里时就包扎成这样的。到现在，你已经被担架队晚上抬着转移了3个站，距离你们阵地300里路远了。"

"其他人呢？"

"听说大部分战士都牺牲了，担架队冒死转移了一些伤员，但有没有和你转移到同一个防空洞的就不清楚了。"

李化武愣住了，震天动地的炮火声再次在脑子里炸开。火光中，那是班长吗？那是同他一起操作"60"炮的其他3名战士吗？

"同志，同志！"卫生员俯下身子，安慰道，"你这是在鬼门关走了一遭，能活下来已很不容易了，好好休息吧。"

是啊，当时医疗队的条件极其简陋，对伤员来说，说是救治，其实只能简单地清创、止血和包扎。他能活下来，确实已是奇迹。

感激、悲伤、懊丧、绝望……百感交集，浊浪一样涌至胸口，不间断地拍打，灰暗的雷暴云翻滚着将他团团围困住。

男儿有泪不轻弹，可李化武再也忍不住，眼泪扑簌扑簌往下掉，哽咽难鸣。

那些同他朝夕相处，一起穿枪林闯弹雨，和他差不多大的比兄弟还亲的同志们，回不来了，永远也回不来了。

自己被重新带回到这个寒冷却蕴含希望和光明的世界，着实幸运。只是，这辈子怕是再也不能为党和人民服务了，至少再也不能回到部队继续战斗了！

生命也许就是身体里的一种精气，一旦散了，就像气球撒了气，珠子断了线，抓不住了。

防空洞外，天色渐渐暗下去。

李化武心里的太阳落下去了，似乎不会再升起……

伤员被统一安排用军用汽车转移。

土路凹凸不平，颠簸不断，车内铺上棉絮，伤员并排躺着。遇到大的水坑，被子被抖开了，没法扯回来盖上，只能冻着；绷带被抖散了，没法简单包扎，只能任其散开；伤口被抖出血了，没有办法止住，只能看着血迹蔓延……都是重伤员，顾不了自己，也顾不了别人。不少战士旧伤未处理又添新伤，伤上加伤，疼痛深入骨髓。

李化武先是感觉到双腿和双脚很凉，渐渐麻木，慢慢地没有什么知觉了。他没办法坐起来看一看，没办法去摸一摸、按一按。

李化武一直想做一名好战士，平时从不叫苦怕痛，留给别人的始终是一张质朴憨厚的笑脸。但负伤昏迷醒过来后，他感觉眼睛上蒙着的纱布总湿漉漉的，分不清是泪水还是血水。

再次从迷迷糊糊中醒来，天已亮，李化武已身在黑龙江北安医院。

时值1952年2月。

"颜面及右眼球两侧多处被炸，两肢下1/3已被截肢，右眼失明。"医院给出初步的病情诊断。

医生本想尽力保住李化武右眼的眼珠，但经过会诊和讨论，只能无奈地摇摇头："同志，眼珠不得不摘掉，不然的话会影响到神经系统，从而牵连到另一只眼睛，极有可能完全失明……"

李化武心里一沉，半晌，低声说："那……那就取嘛。"他眨了眨眼，泪水从眼角浸出，于是侧过了头。

4月4日，李化武接受了右眼球摘除手术。

窗外，北风甚凉。

说起双手，李化武自己都不清楚是在战场上被炸掉的，还是被抬到防空洞后截肢了，总之，如今只剩下肘关节往下两三厘米的双臂。

疼痛感持续很久，触觉反应特别敏感，轻微一碰便觉得万千针扎似的。

时间久了，断臂的截面慢慢愈合，却又有一小节骨头顶破瘢痕，凸了出来。

4月14日，他又接受了一次手术。医生截去凸出的骨头，让截面再次慢慢愈合。

这次手术也将同时摘除前额的异物。

只是，条件所限，没办法将异物全部清理出来，脸上烧伤处色素沉着，也没办法淡化。

在医院疗养大半年后，他被转至水花医院，再次接受手术，安装了假眼球。

头还是经常痛。

双臂还是经常痛。

双腿双脚也经常痛。

1953年1月，李化武初愈出院。

医院鉴定："残疾等级：一等。"

2 峥嵘岁月稠

春风化雨万物生

"我要重新站立起来！"

一个人没有手，就像鸟儿失去两只翅膀，再也不能飞翔。

受伤的那天，是李化武满18岁的第十天。

青春年少，风华正茂，本是人生中极好的一段年华。

李化武生性好强，死，他都没有怕过，但现在，失去了战斗能力不说，还失去了最基本的自理能力——吃饭要人喂，衣裤要人穿，如厕需人帮……这让他感到苦恼，慌张，甚至恐惧，一分一秒地煎熬着他的身心，一点一滴地啃噬着他的志气。

未来漫漫人生，将要如何生活？

弥漫身心的痛楚还能不能一点点稀释？

大家都跟他说："你是好样的！"

可"好样的人"永远残缺了，不是吗？

他心想：如此境遇，还不如当初战死在那战场上的好。至少和战友们盖着厚厚的雪被，沉沉睡去，再也不知道冷，也不知道痛了……

李化武陷入了前所未有的人生低谷——以后自己就是一个"废人"了！

他越想越悲观，越想越焦虑、烦躁、茫然、绝望……常常几天几夜吃不下饭，睡不着觉，缩在被子里，双肩剧烈抖动着，一次次泪水泛滥。

楼下，几盏路灯瑟瑟颤抖在雨雪中，惨淡的光漫漶不清，何谈抵抗这深渊般的黑夜。

寒风飒飒，掠过干枯的树梢，沉沉的呜咽声裹挟着寒气，从窗缝挤进来，他脸上浸着血的泪被风掠干，整张脸紧绷绷的，胸腔里深憋着低迷的悲鸣。

苦涩仍在源源集聚，他闭上眼，咽了下去，连同再次汹涌的咸涩的泪。

身子冰凉。

心在下沉……

医院里躺着的都是伤残军人，日子漫长，痛苦而寂寞，倦怠又乏味，悲观的情绪久久笼罩在病房，让人渐渐窒息。

当一个人身体健康，充满青春活力，坚强是一件简单和容易做到的事；而当生命被枷锁重重束缚时，要坚强起来，所付出的，常人难以想象。

大多数时候，李化武都是神情恍惚，偶尔一阵风雪，让他遽然惊醒，打个冷战。

哪里是出路？还有没有出路？

身体的伤，医护人员倾尽全力给他们医治。

心理的伤，也得想办法医治。

俯下身子深情劝解，想方设法劝慰开导……这也成为医护人员的日常工作之一。

就有护士在床前给李化武讲述苏联英雄保尔·柯察金的故事，一遍一遍地给他朗读《钢铁是怎样炼成的》："即使生活到了已经无法忍受的时候，也要善于生活下去，要竭尽全力，使生命变得有益于人民。""人最宝贵的东西是生命，生命每个人只有一次。人的一生应当这样度过：当他回忆往事的时候，他不会因为虚度年华而悔恨，也不会因为碌碌无为而羞愧，在临死的时候，他能够说：'我的整个生命和全部精力，都已经献给世界上最壮丽的事业——为人类的解放而斗争。'"

医护人员还给他们讲述了全国特等劳动模范——被誉为"中国的保尔·柯察金"的吴运铎的感人故事。吴运铎在战争年代舍生忘死，为国铸剑，在和平年代夙夜在公，为党尽心，创作了自传体小说《把一切献给党》："假若我有来生来世，我还要选择中国共产党，永远跟党走，把一切献给党！"

……

那些文字就像是一个出口，道出人世的悲欣、命运的幽微以及信仰的力量，也陪他们走过那段难熬的岁月。

春风化雨——每听一遍，李化武的内心便经受一次洗礼，得到一次启迪，受到一次感染，变得坚强乐观一点。他被榜样们崇高的道德风貌、高昂的革命激情、奇迹般的生命活力和钢铁般的坚强意志感动了。

人一辈子需要面对和战胜的困难与挫折太多太多，有的来自外界，有的来自自身。

为什么别人能做到的事情，自己就做不到呢？难道就这样一直消极悲观下去吗？

像保尔·柯察金和吴运铎，他们勇敢接受残酷的挑战，把个人的命运与祖国的命运连接在一起。他们崇尚理想和信念。

那么，自己呢？

身体的伤，慢慢恢复。

党和政府非常关心这些伤残革命军人，先是把他们集中在健康团，然后按地域分配到各地荣校。

1953年3月，李化武进入大竹荣校休养。

荣校给予了他们无微不至的照顾。

起先，春信暗自蛰伏着，不动声色，慢慢转暖，风微微醺，群芳闻讯噗噗盛放，旖旎而盈婉——春天来了。

生命，亦是在崭新的酝酿之中。

李化武平时言语不多，他习惯每天在院子里转一转，有时什么都不想，有时想想曾经那硝烟弥漫的战场。大概，春天有一种魔力，一种让人想"成为更好的自己"的魔力。某一天，他会突然听到心灵深处复苏的声音，连他自己都会吃一惊——自己居然没有勇气去冲破眼前的枷锁！

其实，有好多个夜晚，他都梦见昔日战友，他们在朝着他喊："李化武，冲，往前冲，冲啊——"

万里凌云舒壮志，一腔热血展军威。

一遍遍回想，一点点集聚起力量，他知道，那是战友们以生命以热血注入给他的。

战场上为国献身的是勇士，敢于同命运挑战的同样也是勇士。无论在何种境况下，一定要把自己给伸直了。

我们常常以为，信念是一个很大的东西，但它其实可以很小、很简单，朴素至极——朴素到平日里我们甚至注意不到它的存在。就像人的健康和平安一样，日常生活中未必觉得有多重要，可是当遭遇变故或发生意外的时候，才明白它们有多宝贵。既成事实，就算再艰难也只能往前，而越是艰难越该相信点儿什么。那些我们所相信的，既会是一团温热的火苗，也可以是引领方向的灯塔。

"天无绝人之路""船到桥头自然直""只要活着就有希望和可能"……一些与伟大成就没什么关系，只关乎生活的最朴素的道理，像草籽一样，在他的心田慢慢扎根、破土、生长。

从吃饭穿衣学起

"一个人身体残疾并不可怕，最可怕的是思想残疾。"

　　命运从身边取走一些，甚至觉得是全部，你舍不得，放不下，扛不住，可是不活下去，你就无法发现，命运归还给你的是什么。

　　人为什么要活下去？

　　因为人不是只为自己活着的。

　　既然选择了，就得振奋精神迎接更为激烈和残酷的"战斗"。对此，李化武是有准备的。

　　带着残缺的身体，如何回归正常生活，光是吃喝吗？不，绝不止这些，但那时，首先要解决的就是吃喝问题。

　　他开始调整和训练自己，尽可能不依靠护理人员的

044
八千里路

帮助，学习自己吃饭。

他用两只断臂截面颤巍巍地夹起勺子，还没等靠近碗边，勺子就掉了下来；将勺子慢慢刨到桌沿，用嘴叼起，两臂夹紧，再试着去舀，又把碗碰得叮当响；好不容易舀到了碗里的一点点饭菜，缓缓抬起双臂，刚弓着身子低下头，还不等张嘴，就勺翻饭洒……

根本吃不到嘴里去。

怎么办才好呢？

他琢磨着，既然是因为手臂太短而没办法吃到，那延展一点距离是不是就可以了呢？于是想出了一个办法：让人在他右手肘系上手帕，将勺子插入手帕里，自己再缓缓舀起饭菜来，哆哆嗦嗦往嘴巴里送。起先，无论他怎么努力，还是吃不到嘴里去，反而把饭菜弄得到处都是。

陪护人员心疼他："要不算了吧，我们可以照顾你。"

"保尔两只眼睛都看不到，全身瘫痪了，都还能坚持写作呢。"他喘一喘气，接着说，"我就是学个吃饭而已。我得行！"他毫不气馁，继续练习。一次失败，来第二次，第二次失败，来第三次……勺子掉落了，捡起来，插进去，再练习。豆大的汗珠不断从他脸颊滚落下来。

一个动作反反复复练习，几十次，上百次，成千次。

当第一口饭菜吃到嘴里，他激动的眼泪倏然而落。

一顿饭下来，他虽大汗淋漓，气喘吁吁，却格外满足。那已不单单是身体能量的补给了。

功夫不负有心人，一个月后，李化武终于可以熟练地用汤勺吃饭了。

李化武是一个极不愿给别人添麻烦的人，他不想自己每次用餐前都要人家帮着系手帕。他又琢磨出一个办法，让人帮忙把手帕沿对角线对折，两头系拢，打上死结。饭前，他先是慢慢在桌上铺开圈状的手帕，一只肘套进去，提起来，另一只肘再套进来，双臂外扩绷紧手帕，转动一处肘关节，使手帕交叉，再将转动的这处肘关节上的手帕也套进另一处肘关节上，一点点往上拨，调整到合适位置，如此形成的两小圈，正是断臂的肘围。然后，插入勺子。

至此，他自己完全可以独立完成吃饭。

不久后，他还以同样的方法学会了使用筷子。利用断臂内尺骨和桡骨的扭动，使筷子如手指一样张开、闭合，能夹起菜来。

李化武信心大增，接着学习自己穿衣。

他用断臂将衣服铺在床上，侧着身穿进一只袖子，再晃动身子将衣服搭到另一边，身子也顺着侧过去，手臂朝后，摸索着穿进另一只袖子，然后靠着臂膀和背部往上抖和挪，直至穿上，再慢慢扭动身子整理好衣服。

"吃饭穿衣都会了，还有什么难关是过不了的呢？"

生活道路开始变得平坦，变得广阔。

洗脸用两条毛巾完成。一条毛巾放进水盆里，水浸透后，用双臂捞起来，弯下身子低下头，以断臂的截面覆着湿毛巾擦拭。洗完后，再用另一条干的毛巾擦干脸。至于盆里的这张，他对折，再对折，夹起来，靠断臂截面相碰，挤压掉吸附的水，再晾在架子上。

叠被、刷牙、系皮带……甚至上厕所，他都慢慢学会了。

除了手臂短了一截，他好像和正常人没什么两样。以至于我们都觉得，他的双手一直都在。

李化武跟我说："一个人身体残疾并不可怕，最可怕的是思想残疾。"

我看着他，用力点点头，在采访本上写道："因而，最大的困难不是没有手没有眼，而是没有信仰和信念。"

是啊，还有什么能够阻挡这颗勇敢而年轻的心呢？

我们是在嘉陵江边一间清幽的茶室里聊起这些过往的。风从木格窗挤进来，有些微微冷，我伸手替李化武裹了裹身上的棉服："爷爷，我帮你扣上扣子吧！"

"那麻烦你了，小罗。"顿了顿，他说，"其他的我都会，除了扣扣子和拉拉链，这是我这辈子的遗憾。"

"您已经很了不起了，这些小事儿让我们来。"说话间，我为他扣好了扣子，往他面前的菊花茶里添了热水，"喝点水吧，爷爷。"

"小罗，你放着，我自己来就是了。"他短短的双臂捧起了茶杯。

茶色清亮，清香溢远。

探　亲

"哪家娶新媳妇儿，都没这么热闹吧。"

一切步入正轨，朝着越来越好的方向行进着。

1954年5月，李化武凭着良好的表现，经党员介绍，加入了中国新民主主义青年团，还任支委兼小组长，负责组织日常活动和开展组织生活等。

对这份工作，他尽心尽责。

6月，李化武转入合川荣校。

到了1955年，李化武对家人的思念越加强烈。

算来，离家已经4年了，家里完全不知道关于他的任何消息。

这些年，李化武没有一天不在想家。他期待着打一个漂亮的胜仗凯旋，然而自己终究负伤了。身体发肤，受之父母，如今自己不再健全，又如何跟父母交代？

在梦里，庄稼青香的气息，粪肥淡淡的味道，混合着泥土潮湿的腥气，扑面而来。炊烟缠绕着雾霭，在碧空之下弥漫。站在故乡的土地上，像小时候一样，扯着嗓子喊爸爸喊妈妈，可是，没有回应。跑着，喊着，找着，直到在潾热中惊醒过来。

长夜漫漫，他心里五味杂陈，终于下决心：回家探亲。

荣校特意安排了一名工作人员，陪同李化武回到了阔别已久的家乡。

李化武回来了！李化武回来了！

这小子打小就勤快懂事，能吃苦，待人又和气，小小年纪当兵，出国打仗，抗美援朝战争都结束几年了，一直没有消息传回家乡，生死未知。现在，他突然回来了。

最先来家里看望的，是从小跟他一起长大的邻居伙伴李化福。

李化武站在墙角，双臂朝后，抵在墙上，虽招呼着李化福落座，却又微低着头，有些难为情。

李化福感觉到不对劲："你咋啦？也过来坐啊。"

李化武稍抬起头，很快又眼神游离。李化福看到了他异于常人的右眼，心里一咯噔："你？你这是受伤了？"

李化武看了李化福一眼，再次埋下头去，低声吞吞吐吐道："嗯，一只眼睛……炸……没了。"说话间，臂膀从背部两侧露了出来，只剩两个半截了。

看着裁短的衣袖和皱巴巴的断臂截面，李化福愣住了。

"两只手杆倒拐子以下也都炸落了——"李化武沉沉地说。

李化福一时间不知如何开口。空气凝固。

没想到，李化武反而安慰道："哎呀，没得事，莫担心，我现在啥都能干，不影响。"

村子沸腾了，男女老少都前来看望，一批接着一批，一拨接着一拨，把他家那小屋挤得满满当当。

从午后到傍晚。

晚霞在西天染成一片，暮色四起，母亲掌灯。

吃过晚饭，人又来了许多，直到夜深才渐渐散去。父母一遍又一遍地迎来送往，招呼着大家。

村民的关心让李化武心里备感温暖，他以伤残的身体大大方方示人。

好久不见的乡里乡亲、亲朋好友他都见到了，他笑着说："哪家娶新媳妇儿，都没这么热闹吧，谢谢你们跑来看我哦。"

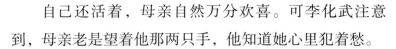

自己还活着，母亲自然万分欢喜。可李化武注意到，母亲老是望着他那两只手，他知道她心里犯着愁。

等客人们都散去，母亲走过来，颤巍巍地摩挲着他那断臂，眼眶猩红，叹息道："我晓得，要革命、要打仗就有牺牲。你保住了命，我自然高兴，可你年纪轻轻的就没了手，以后咋个办哟？"言及此，她的泪水终是克制不住，从枯黄干涩的眼角蔓延。灯火映着她的白发，像一抹月光凉凉地铺在夜色上。

当初公社一共5个人报名参军，补充到正式部队后，各自参战，再未见过面，彼此间也无半点消息。

除了李化武，其余4人都陆陆续续平安回来了。复员后，2人在单位上班，2人在家务农。

"我们李化武呢？看到我们李化武没？"每回来一个人，父母都第一时间跑去打听，可是，关于儿子李化武，始终杳无音信。

是生？是死？

生见不到人，死更见不到尸……

万千重山的褶皱，终归承载不了一位母亲那一刻的情感倾泻——曾经的别离连同背影顿时崩岩覆顶……

愁苦终日洇染父亲的面庞，风把他的头发撕扯得凌凌乱乱……

父母凄苦难捱的日子，李化武感同身受。

对于父母，自己没能陪伴他们，反而让他们因为自己而承受了那么多痛楚和折磨，李化武备感愧疚，也十分心疼，但他不后悔当初的抉择。他知道，如果再来一次，他还是会义无反顾做出这样的选择，而父母也会依旧尊重并支持他。

岁月在战火中流逝，人们在战斗中成长。

所有努力向前的奔赴，都是为了阖家团圆的幸福。

他凝望着母亲，禁不住泪水涟涟："妈，你想想旧社会，咱们这些人能有啥子好日子过？像大哥，那么早就死了。现在这社会多好，以前想都不敢想。"

母亲边揩泪边点点头："娃呀，我晓得，我都晓得。"想再说点儿什么，看着儿子却欲言又止。

"妈，少了两只手杆不算啥，我这两年锻炼得啥子都能做呢，不影响啥。"李化武伸过臂膀搭在母亲的肩背上，"我现在在荣校很好，他们照顾得很周到，你就莫再担心我了。"

母亲抹了抹眼，又一次谢过陪同儿子回家的这位同志，泪眼迷离，露出了宽慰的笑意。

一瞬间，彼此所有的思念，都有了新的注脚。

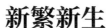
新繁新生

"党和人民给了我们这么多的荣誉和关怀，我们该用什么样的实际行动来回报？"

"二等休养模范"——这是合川荣校颁给李化武的一份荣誉，更是对他的肯定和鼓励。

1956年3月，李化武参加了表彰大会。

曾经以为自己的世界寸草难生了，如今火热的种子破土发芽，迎着雨露和朝阳，盎然生长。

4个月后，根据伤残程度，李化武被转入四川省革命残废军人教养院，地址在今成都市新都区新繁街道龙安社区。

当时，教养院集中了休养员583人。

这里环境清幽，红墙黑瓦，松柏葱茏，茂竹翠绿，鱼池、假山相映成趣。

这里生活服务设施齐全，图书馆、阅览室、大礼堂、洗衣房等，应有尽有。院里还配备了电影放映机，每周都可以看上一两场电影。周围各机关团体逢年过节都会前来慰问。凡是巡回到新繁演出的剧团，是一定要来这里的，每次慰问演出还总不止一场。许多知名的文艺工作者深入病房，在床前为特等残疾军人演唱，表达对人民英雄的崇敬之情。

李化武在这里一住就是好些年。

除了照顾这些功臣的衣食住行，院里还组织大家学政治，学文化，学器乐，学书法，学手工，开展文娱体育活动……常常与当地群众、党政团体、学校等组织联欢。

党和国家的深切关怀，为他们灌注了一种无穷的力量。大家的伤情慢慢恢复，心里热烘烘的，情绪逐日高涨，仿佛听到了新的冲锋号声，渴望着继续奋发前行。

"党和人民给了我们这么多的荣誉和关怀，我们该用什么样的实际行动来回报？"这是大家聚在一起常常讨论的问题。

于是，他们开始探索着进行各种适合他们身体状况的劳动生产。

院内有多处闲置土地，大家办起各类小组，开荒、种菜、栽果木，简直就是一个"开心农场"。丰收的瓜果蔬菜都交到集体伙食团，共享共用。因为是自己种下的，吃起来格外清香和甘甜。

此外，他们有的装配矿石耳机和收音机，有的修理钟表、铝锅、皮鞋和三轮手摇车，有的给铜球贴丝和制作健身球，有的编织棕丝草包和菜篮，有的打毛线、缝纫和绣花，有的即便半身不遂还能出"一臂之力"——一只手打扫卫生……找到了为人民服务的"新战场"，为生命奏响了新的进行曲，他们个个精神抖擞，生龙活虎。

没有一句对院里工作有意见或对上级有所要求的话。对他们而言，他们知道什么才是应该去往的理想之所，什么才是向往的美好之所，什么才是能让自己再次成长之所。

一代人有一代人的命运，一代人有一代人承接命运的方式。

纸短乡情长

"没想到，我还能学写字，第一次拿笔居然用的不是手，而是胳膊。"

贫农出身的李化武，连自己的名字都不认识，以致负伤后在医院建立病历档案时被问及姓名，他根本不清楚自己是"李化武"还是"李华武"，反正四川方言的"化""华"发音听着都差不多。

"这样下去可不行，我一定要摘掉文盲帽子！"

教养院开设有文化课程。每节课，李化武都全神贯注，生怕错过一丁点儿。那时年轻，记忆力好，老师教授的拼音和汉字他都能很快记住和掌握。

能识字后，他便迫不及待地去图书馆看书。有时看得眼睛红肿发炎，休息片刻后，又继续。似乎有一种魔力，让他根本停不下来。

很快，李化武就不满足于单单识字，要能写字那才好呢！

可这身体情况，怎么拿笔，怎么写字呢？

要不用当初练习吃饭的方法试试？

说干就干。

他将系了结的手帕套在肘上，再把铅笔插进去。他还打趣道："没想到，还有这么一天，我学起了写字，第一次拿笔居然用的不是手，而是胳膊。"

笔还未落到纸上，手臂便止不住地抖，那笔像倔强的马儿难以驾驭，本想朝这边落笔，它却往那边偏去；用力小了，写不现，用力大了，笔又容易移了位置，甚至戳破了纸。汗水湿透，肩酸背痛，头晕眼花，都写不出一个像样的笔画，别说汉字了。

还就不信！

李化武骨子里本就一直有股倔劲儿，负伤后，越加不屈不挠了。

死磕到底。

为了书写更流畅，他改用钢笔。

牙齿咬住笔杆尾部，用两截断臂夹住笔帽，摩擦转动，直至笔帽脱落。将笔插进肘关节处的手帕里，再慢慢贴近纸张，去找下笔轻重缓急的感觉，去体悟运笔的起承转合。

他全身心投入，坚持天天练习，忘记了肉体的疼痛，忘记了生活给予他的残酷和磨难。

几天后，写出的歪歪斜斜的字可以大概辨认出来了。他的左眼闪烁出光芒，欣慰地笑了。这也让他动力十足。

一个午后，李化武伏在桌上第一次写出3个完整的汉字：祖国好。

"祖国好……祖国好……祖国好……"他一遍遍念着，念着念着，泪珠吧嗒吧嗒落在纸上，墨香晕染开来。

窗外，清风徐徐，带着花的芬芳，鸟的鸣唱。

很快，他一天就能写出好几个字，再到几十个字，后来增加到上百个字。

他每天坚持写字，每个字都认认真真地写，写了一行又一行，一页又一页。一个个方块字工工整整落在纸笺上，他感到一种无可名状的满足。

凭着惊人的毅力，李化武最终取得了初小的文凭。他不仅实现了自主阅读，还能与家里书信往来。

李化武觉得纸和笔有着神奇的魔法，他的想法、他的心意、他的思念都能通过它们，传递给遥远的家。

父母每每收到他的信件，喜不胜收，迫不及待找人读信和回信。

书信一来一往间，日子就这样过去了。

入党夙愿

"我一定把党和人民的利益放在前面，把自己的一切交给党和人民！"

"小时候，家里的日子过得太苦了，是中国共产党救了我们呐！"成为一名共产党员，是李化武少年时期就有的向往；参军后，这便是他最大的心愿。

按当时政策，在血与火的战场上经受住考验并表现优秀者可发展为党员。李化武本来已经成为拟发展对象，可没成想不等那一战结束，自己就负伤了。距离入党仅一步之遥，他深感遗憾，但内心想要加入中国共产党的信念越来越坚定。

他积极配合治疗，安心休养，踊跃参加各种劳动和团体活动。此外，他主动用自己战胜困难的心路历程和实践经验去开导和安慰其他伤病员，帮着照顾大家。他常常领着失明的战友出去遛弯儿，边走边给他们讲身边的新事物；和医护人员一起，陪着截肢的伤员晒晒太阳，吹吹微风，读读书，看看报。

他默默奉献，不计回报，勤奋好学，表现良好。

1956年5月，李化武将臂用布条绑在断臂上，一笔一画郑重地写下了《入党申请书》。

当我小心翼翼翻开当年这份《入党申请书》，看到的是一个坚毅、自强不息的热血军魂："我一定把党和人民的利益放在前面，把自己的一切交给党和人民！"

休养院班长彭德昌在"对被介绍人的意见"一栏中写道："该同志思想进步，能积极靠近党的组织，能克服一切困难……担任团支委兼小组长，工作很负责任。"

休养员谈彦新写道："该同志自己残疾很重，从没有给领导和工作人员打过麻烦，经得起组织的考验，能帮助别人，学习好……"

1956年6月1日，经支部大会讨论，与会的27名党员举手表决，全票通过。

1956年7月17日，中国共产党合川县委员会审批通过：李化武同志成为中国共产党候补党员。

一年后，转正。

李化武如愿成为一名中国共产党党员。

"我志愿加入中国共产党，承认党纲党章，执行党的决议，遵守党的纪律，保守党的秘密，随时准备牺牲个人的一切，为全人类彻底解放奋斗终身。"

他举起右臂，许下铮铮誓言。

身残志更坚

"我担任演出队支部委员，演出时还负责催场等一些事儿。"

1957年5月，四川省革命残废军人教养院课余演出队成立。

演出队共41人，除了13位护士和工作人员，其余28位全是残疾军人。其中，截去双手的5人，双目失明的9人，下肢瘫痪的2人，切除肺脏和截去一肢的12人。

李化武也是这个特别演出队中的一员。

队员们有一颗永不残疾的心，他们说，只要有脑子，有嘴，有一只手、一只脚，只要能讲、能动、能想，就能为社会主义做一点儿事。能做一点儿是一点儿，能多做一点儿就多做一点儿。

克服身体的种种困难，他们勤学苦练。瘫痪的同志来唱歌，独手能把箫笛吹奏，无脚的同志安上假肢竟学起了跳舞，还有的同志能说相声……

为了排练节目，失明的同志把粗糙的手指按在石头上磨，说是磨薄了手皮才能更快更准地去识别盲文曲谱，有时把手指磨得鲜血淋漓。

李化武对口琴很感兴趣，这是身为农村娃的他从未见过的稀奇玩意儿，"我要学会吹口琴"。

他和5名上肢残疾的战友一起摸索，相互教，相互学。没有其他的办法，只有一遍又一遍地苦练，上午吹，下午吹，晚上吹，有空就吹，一天又一天。因为残臂太短，他只能用肘关节夹住口琴，练习的过程尤为艰难，常常肩膀酸疼，脖子僵硬，口唇发麻，肘关节内侧被磨得渗出血来，牵扯到神经阵阵刺痛。

一个多月后，他们终于练熟了，可以演奏《社会主义好》《东方红》《我是一个兵》等多个曲目。

演出队编排了20多个文艺节目，其中，40%是他们自己创作的。有的服装是用旧衣被改制的，帽子和裙子花边是用纸糊的，一些乐器也是自己制作的……

这年冬季，演出队走进成都的党政机关、军队、工厂和学校，举行了多场演出。

"别开生面"的表演一下轰动了，现场观众们感动得泪流满面。

演出后，各地慰问信源源不断，向他们祝贺，向他们学习，邀请他们去联欢，邀请他们去参观……

历经风霜，他们把革命气概和踏实干劲拧成一根绳，为社会主义建设的文艺宣传和为工农兵服务注入一股温暖如冬阳的力量。

这是李化武之前从未想到过的生活方式。在这期间，他沐浴着文艺的阳光，汲取着前行的能量。

演出队成立了临时党支部。

"我担任演出队支部委员，演出时还负责催场等一些事儿。"李化武话里话外，满满的自豪感。

他也参与大合唱，跳彩球舞。

真可谓，言之不足，歌之诵之；歌之不足，舞之蹈之。

总之，那时光，可真美好。

周总理握过我的肘

"实际上我们根本没有做多么了不起的事，周总理却这么关心爱护我们，亲自接见，我当时高兴得什么话也说不出来。"

生活，总会给我们一些意想不到的惊喜。

1958年3月，时任中央人民政府内务部部长谢觉哉来成都参加四川省优抚工作会，其间，在总府街礼堂观看了演出队的演出。谢觉哉深受感动，大加赞扬，并随后到休养院亲切慰问同志们，他表示，期待演出队到北京向祖国和人民汇报演出。

一个月后，演出队便接到邀请他们赴京的通知，这让他们一个个乐得手舞足蹈，满怀激情地投入排练。

5月21日，李化武随演出队乘火车前往北京。车窗外，山河远阔，阳光煦暖。

23日旭日东升时，列车抵达首都北京。

对北京，李化武一直心向往之。如今得偿所愿，自是喜不胜收。

他们每天早出晚归，兴高采烈地游览了好些名胜。

站在金水桥上，轻倚汉白玉栏杆，凝视美轮美奂、金碧辉煌的天安门，瞻望伟大领袖的巨幅画像，默念着"中华人民共和国万岁""世界人民大团结万岁"，李化武心潮澎湃，激动不已，思绪万千。

天安门前，他们拍了合影，作为此行的纪念，这才恋恋不舍地去往下一个地方。

5月26日，演出队为参加第四次全国民政工作会议的代表们演出。

首演非常成功，反响强烈。

5月28日，在国务院礼堂，演出队为国家机关汇报演出。

国防部部长彭德怀元帅，全国人大常委会副委员长李济深、沈钧儒、陈叔通，国防委员会副主任张治中等观看了节目。演出后，他们与演员亲切握手，热烈祝贺演出成功。

李化武激动得不能自已，心里怦怦直跳：在朝鲜最艰苦的日子里，是彭德怀司令领着我们去勇敢战胜敌人，司令大名鼎鼎、德高望重，这是第一次见着真人，关键是还亲自接见我们，简直不敢相信。

彭德怀赞扬演出队："你们革命的乐观主义精神对全国人民、对几百万解放军是很大的教育。你们的血和汗没有白流，你们浇成了中国人民社会主义的伟大花朵。"

那一刻，李化武的幸福感和兴奋之情溢于言表。

5月29日，演出队又为全国第四次民政工作会议作了演出，内务部赠锦旗一面，上书"祖国人民的优秀儿女"。

几天来，他们一个个乐开了花。

6月1日晚，北京政协礼堂，座无虚席。

周恩来、朱德、陈毅等国家领导人观看了演出。

大合唱《社会主义好》《荣军之歌》等曲目拉开演出帷幕。

女生独唱《绣荷包》《胡豆花开》，男生独唱《心里真舒坦》《真是乐死人》，四川金钱板《红军战士范德友》，四川车灯《永不残废的人》，独幕话剧《三个战友》，手风琴齐奏《我是一个兵》《胜利进行曲》，民乐合奏《金蛇狂舞》，民间舞蹈《鄂尔多斯舞》，二胡独奏《良宵》，竹笛独奏《渠边山歌》……节目形式多样，内容丰富，演员个个明朗活泼、淳朴自然。真实

动人的表演，一次次让现场观众感动得热泪盈眶。

李化武和5名战友口琴齐奏的原创曲目《美丽的龙藏寺》，赢得了阵阵掌声。

龙藏寺是他们休养院当时所在地，那里处处都是他们的气息，他们将爱与希望都谱进了歌曲里。

口琴声声，悠悠扬扬，是清露滴在花朵上，是微风徐徐拂过衣裙，是阳光暖暖照在心田……袅袅音韵，柔柔地穿透了生命。

演出结束后，领导们走上舞台，同演员们一一握手，亲切询问每个同志的情况。演员们激动得全身颤抖，不少人还兴奋地跳了起来。

"实际上我们根本没有做多么了不起的事，周总理却这么关心爱护我们，亲自接见，我当时高兴得什么话也说不出来。"讲起和周总理面对面的情形，李化武说，总理握着他的断臂时，他全身暖流涌动，感受到无限的幸福。

周总理特别问到朗诵诗《我们的心永远忠于党》的作者刘渝生来了没有。汇报演出中，当一等残疾军人张家琛声情并茂朗诵完这首诗后，全体观众自发起立，掌声经久不息。遗憾的是刘渝生因下肢瘫痪，无法来京。

周总理高声说："他的诗写得很好，请代我向他致敬。"又转而对大家说："你们不仅是人民的战士，还是人民的艺术家，你们应当受到党的爱护和群众的尊敬。"

队员们无不热血沸腾，热泪涌动。

6月29日，周总理亲自提笔铺纸，誊写刘渝生创作的这首诗歌，赠予演出队，以示纪念，以资鼓励。

　　……
　　我们有坚强的意志，
　　我们有颗永不残废的心。
　　没有眼睛照样读书看报，
　　没有双手一样写字弹琴，
　　两腿瘫痪能用双手劳动，
　　没有双脚也能疾走飞奔。
　　困难只能在软弱者面前存在，
　　挡不住久经锻炼的士兵。

　　祖国的命运就是我们的命运，
　　我们永远和祖国心连心，
　　社会主义是我们的灵魂，
　　党就是抚育我们成长的母亲。
　　我们不愿作无边际的幻想，
　　我们懂得怎样安排自己的一生。
　　社会主义大厦固然需要钢材，

我们却愿意作颗小小的螺丝钉。

呵！亲爱的党，我们的母亲！
是你，教导我们懂得了生活，
是你，给了我们力量和信心。
呵！亲爱的党，我们的母亲！
只要我们心脏还在跳动，
就坚决为共产主义而斗争！

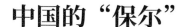

中国的"保尔"

"一点儿也不觉得累，浑身有用不完的劲儿。"

6月1日，副部长夏衍代表中央文化部授予演出队奖状："在战场上，你们为党和人民立功，在社会主义建设中，也发扬了革命战士英勇奋斗的精神。"

6月2日，彭德怀、贺龙、叶剑英元帅和部分高级将领在国防部亲切接见了演出队全体同志。首长们关心着他们的健康，关心着他们的生活，这给了他们莫大的鼓励和慰藉。

会议室里，暖流弥漫，欢声雷动，喜气云腾。

演出队队员和元帅、将军们合唱了《社会主义好》。

彭德怀元帅为演出队题词。

亲爱的残废军人同志：

　　你们伟大的革命乐观主义精神值得中国人民和解放军全体同志学习。

彭德怀

1958年6月

　　招待宴会后，集体合影。

　　李化武说："当时首长让我们坐第一排，他们随意穿插在后面的队列中就行。大家不愿意，都执意要首长们坐前排。""你们还认我这个司令员吗？如果认，我命令你们坐下！"彭德怀元帅大声说道。

　　如此，便有了这张珍贵的合影。

　　我端详着老照片，看到坐在第一排精神抖擞的李化武，看着看着，就泪眼蒙眬了。

　　那时候，他多年轻啊；那一刻，他该多自豪呀。

　　6月9日，全国人大常委会副委员长郭沫若陪同各国驻华使节观看了演出，并上台祝贺。

　　6月12日，郭沫若写下诗歌《把红旗插遍在地上和天上》："革命的英雄主义就是这样／谁都要敢争敢鸣敢做敢想……革命的乐观主义就是这样／谁都要吹吹打打跳跳唱唱……"

　　6月16日，他们为北京市机关演出。中共中央政治局委员、北京市委第一书记、市长彭真亲切接见演出队员，表扬他们说："你们发扬了党的解放军的优良作风。"

6月22日，中国人民解放军政治部主任谭政大将上台祝贺演出成功，向演出队授以锦旗和礼品，希望他们保持光荣，发扬光荣。

6月23日，公安部部长罗瑞卿上台与演员一一握手，亲切交流。

6月25日，中共中央统战部部长李维汉祝贺演出成功。

6月26日，内务部部长谢觉哉再次上台祝贺，并向演出队赠送了花篮。

除此之外，演出队还为文艺界，各军种、兵种领导机关，十三陵水库和北京复员军人誓师大会，外国专家，工人、农民、学生等做了演出。

他们受到各级各方面的赞扬和奖励。

演出一场接着一场。

每一场，都是掌声如潮，一浪接着一浪。

那段时间，李化武兴奋极了："一点儿也不觉得累，浑身有用不完的劲儿。"

演出以来，首都各报纸、中央和北京人民广播电台，连续发表赞扬他们革命乐观主义的报道和文章。其中，有诗，有感想，有访问记……

时任文化部副部长钱俊瑞写下长篇文章，他认为："四川荣军同志们的文艺创作是我们社会主义文化园地中最崇高的和最应该受人尊敬的文艺。它纯朴、明朗、强烈、豪爽，它有无穷的感染力……应该向他们学习，学习他们的势如破竹的共产主义风格，学习他们的革命乐观主义，学习他们的革命的现实主义和革命的浪漫主义相结合的，为劳动人民喜闻乐见的文艺创作。"

《中国人民志愿军战歌》曲作者周巍峙接连看了他们几场演出，提笔撰文《最高尚的灵魂最感人的艺术》："演员们无论是表演他们自己的创作节目（在整个演出中占1/3），或是从别的地方学来的节目都是那样愉快、活泼，表现了对祖国、对人民、对党、对革命军队、对生活、对劳动的热爱，这种情绪又是完全发自心底，没有一点矫揉造作，也看不到丝毫拘束；在朴素自然之中，流露着一片高尚的情操，没有很高的共产主义道德水平，是不可能表现出这样的艺术气质的。"

"思想上的脱胎换骨/使你们如虎添翼/有不可残废的心/也就有不可残废的身体。""你们不知道疲倦/你们不愿意休息/你们只想'怎样才能够为祖国建设尽点力'。"文化部戏曲改进局、艺术局局长田汉作诗《永不残废的勇士们》，致敬演出队。

……

《人民日报》以"永不残废的心　永不残废的人——访四川省革命残废军人教养院课余演出队"为题给予专题报道。《解放军报》和《文汇报》先后发表了社论《无坚不摧的意志》和《伟大的共产主义风格》。

　　八一电影制片厂为他们摄制了电影纪录片《最坚强的人》。

　　一石激起千层浪。

　　以学习"最坚强的人"为主题的热潮迅速在全国掀起，广大观众称他们是"中国的保尔""铁铮铮的英雄好汉"。

　　7月12日，内务部、文化部、解放军总政治部联合发出通知，安排演出队在全国各地开展巡回演出，以鼓舞军民的斗志和激发建设社会主义的强大动力。

傲骨经霜犹吐艳

"真是做梦都想不到，自己还能有这样的经历。"

1958年8月开始，李化武跟着演出队先后到天津、旅大（现大连）、沈阳、哈尔滨、长春、济南、泰安、南京、无锡等地巡回演出。

11月19日，演出队抵达上海。

中国音乐家协会副主席、上海音乐家协会主席、上海音乐学院院长贺绿汀，中国美术家协会副主席、上海美术家协会主席丰子恺为演出队赠送一面写有"人民的战士，人民的艺术家"的锦旗。

丰子恺为演出队作画，并题写"经霜尤艳的黄花献给最坚强的英雄"。上海著名画家王个簃、江寒汀、唐云、张大壮、张聿光、陈秋草、孙雪泥、贺天健共同挥毫作了一幅大型菊石国画，并由丰子恺题写"傲骨经霜犹吐艳"，赞誉演出队队员们坚强如菊如石的意志。

11月24日，文学巨匠巴金观看演出后欣然为演出队题词：

亲爱的四川革命残废军人教养院演出队全体同志们：

你们这次在上海访问，以你们的崇高的共产主义风格，革命的乐观主义精神，克服困难的坚强意志和为人民服务的优美、健康、明朗、乐观的艺术表演打动了千千万万人的心。你们在舞台上的一歌一舞，一弹一唱，无不流露你们对祖国、对人民的无限的热爱，和对党、对共产主义事业的无限的忠诚。你们是全国人民的骄傲，你们是全国文艺界的光荣。我们和你们接触的时间虽然不多，可是我们同你们每一次见面，就感到温暖，就受到鼓舞。在联欢会上短短三小时的中间，我们说不尽讲不完心里的话。我们送给你们这个小小的纪念品。这个册子里有诗有画，有歌有辞，让他们代替千言万语向你们表达我们的崇敬和感激之情！你们永远是我们学习的榜样。今天，在这个"一天等于二十年"的英雄时代中，六亿五千万中国人民向共产主义大道迈进的气势是任何力量不能阻挡的。亲爱的同志们，让我们和你们手挽手、肩并肩地向前飞奔吧！

巴　金
1958年11月24日在上海

"是啊，中国人民向共产主义大道迈进的气势是任何力量都不能阻挡的。"李化武坚信这一点。

演出队继续赴南昌、瑞金、赣州、广州、佛山、武汉等城市进行了汇报演出。

据统计，他们在北京和全国部分省、市共演出320场，观众110余万人次；作报告79场，听众30余万人次。

1959年3月15日，演出队离开武汉返回成都，又到全省各地共演出47场，观众9.6万人次；作报告42场，听众4.8万人次。

一时轰动全国。

这已不是一般的艺术表演，而是伟大的思想小结，观众不只是在看演出，还可以感受到中国人民"要高山低头，叫河水让路"的雄伟气魄，可以聆听到中国人民迈向共产主义的坚定的脚步声。

成千上万的慰问信雪花一样飞到演出队，各地赠送的小礼品堆成了山。

周恩来赠送演出服装，陈毅元帅赠送收音机，彭真市长赠送脚踏风琴，广东省民政厅赠送柳叶琴，驻华外交团赠送手风琴，南海舰队全体共青团员赠送海鸥标本，广州中山大学生物系赠送海石花，黄继光生前所在的9870部队赠送上甘岭炮弹片以及转赠朝鲜海石花和蚌壳、海螺，长春电影制片厂赠送电影《长空比翼》所用模型，空军基地531部队赠送重轰炸机模型，大连高射炮学校赠送高射炮模型，佛山民间艺术社百岁老人赠送针刺"闹元宵"屏，中国唱片厂赠送唱机，巴金转赠朝鲜铜碗和苏联六角盒……琳琅满目，他们视若珍宝。

这是李化武一生中最骄傲的日子："真是做梦都想不到，自己还能有这样的经历。"

从普通人成长为英雄，上了战场，是浴血奋战的勇士，不畏牺牲。

从英雄回归为普通人，回归生活，是身残志坚的强者，不惧伤痛。

热血像海涛一样沸腾，精力像松柏那般旺盛，并且，他们将这份毅力、意志、力量和希望传达给了千千万万的国人，用一束束阳光，铺陈着希冀中更为美好的明天。

迈步从头越

姻缘一线牵

"她一辈子都在照顾我，照顾老人娃儿，照顾这个家，要是当初不跟着我，她哪会吃这么多苦？可惜……可惜走得这样早，都没能享一天福啊。"

婚姻是终身大事。

父母早早地托媒人为李化武说了一门婚事，是邻村一农户家的女子。

没等到成亲的年纪，李化武就报名参军作战，婚事也就此搁置了。

李化武一走就是4年，直到1955年回家探亲，人们才知道原来他还活着。

只是，定下的亲事不得不作罢。

父母直叹息："唉——可惜了哦，可惜了哦……"

李化武答应了退婚，他一向朴实内敛，话都藏在心里。

这女子另嫁他人。

李化武跟我讲，那时他根本不怨啥，只真心希望她以后好好的，毕竟，自己当初一走了之，几年后又负伤归来，说起来是自己对不住人家，可能也没办法为她撑起一个她想要的家。或者，自己这辈子根本就成不了家。

可感情的事儿，谁又说得准呢。

在教养院，李化武有一个关系很好的战友，叫张光龙，是四川南充地区南部县人。战场上，子弹穿透了他的几根肋骨，骨头上留着个大大的坑。

张光龙的妻子周玉珍在南部一个编织麻袋的厂里上班，与厂里另一位农村女子交好。这位女子委托周玉珍帮忙联系看看能不能介绍一位休养院的军人给自己的妹妹。

张光龙第一时间便想到了李化武。

有了张光龙的牵线搭桥，不久后，两个人见了第一面。

脸红心跳。

李化武不敢直视，偷偷打量了好几次才看清，这女子圆圆的脑袋，淡淡的眉毛，小小的眼睛，垂着两条又黑又长的大麻花辫儿，朴素温润，端庄大方。真人比之前在照片上看到的还要好看得多。

她微微低着头，肉嘟嘟的脸蛋儿上两团红云氤氲："我叫杨正清，是南部县谢合乡的，今年19了。"

李化武心里小鹿乱撞，多好的姑娘！

他的喜悦之情溢于言表，但很快又愁锁眉头："你也看到了，我两个手没得了，右边的眼睛也是安的假眼珠……"

"嗯，我晓得。"

"那你？你不嫌弃我们这些缺胳膊少腿的人？"

"咋会嫌弃，你们那是为了国家。你们是英雄。"

"我是农村的，家里条件不好……"

"我也是农村的呀。"

"我也不晓得以后的生活会咋样。"

"反正会越来越好的嘛。"

"我现在生活在荣校，还要出去演出，我……"

"你只管去干你的事情，我都支持。"

"你这么年轻，又是一个健全的人，为啥愿意找一个残疾的？"

"哪有那么多为啥。"

……

杨正清说起话来轻声细语，像纯洁轻盈的云絮，徐徐地，飘在屋子的上空。

俩人脸上都漾着幸福的笑意。

杨正清双手捋着辫子，低头浅笑着跟张光龙表示：

就是他了，想一起踏踏实实过日子，相互扶持走到老。

几天后，女方家里回话，完全同意这门婚事。

喜结良缘。

李化武和杨正清很快在新繁领了结婚证，到照相馆拍了结婚照。用当下时髦的话来说，他们也算是"闪婚"和"裸婚"了。

眼波里流转着深情，笑里都是柔情。日子，因爱而熠熠生辉。

夫妻俩买了几斤水果糖、茶叶、瓜子，亲朋、战友围坐一起，吃吃糖，嗑嗑瓜子，喝喝茶，聊聊天，就算是完成了终身大事。

那年，李化武25岁。

婚后不久，李化武便随演出队赴京演出，随后全国巡演。

杨正清先是回南部小住了一段日子，后由张光龙夫妇陪同着，到了李化武的老家。

人生地不熟。

一开始，杨正清做什么都难上手，人又腼腆，什么都憋在心里。

夜深了，在陌生的地域，陌生的家庭，她孤独地躺在小床上，辗转而难以入眠。泪水总是不争气，刚抹去，又从眼角滑了出来。

都说丈夫是天，可自己的天呢？新成为这个家中的一员，丈夫却不能陪在身边。

丈夫在哪里呢？

只知道，他在巡演。

是啊，丈夫多么了不起，自己看中的不就是他的勇敢、坚强和自立吗！能与英雄结为夫妇，就算日子再艰难，也是甜的。

自己不能落后，绝对不能。

杨正清振作精神，全身心投入，一边照顾公公、婆婆，一边参加集体劳动。慢慢地，小到养山蚕、种庄稼，大到修公路、修铁路，杨正清熟稔了里里外外所有的活儿。

李化武的父母对这个儿媳很是满意。

杨正清总是笑意盈眉，勤快好学，待人热忱，善良大度。认识她的人，无不夸赞。

1963年回紫云后，李化武提出去妻子的娘家看看。

杨正清却坚持等一切安顿好再回去。可这一耽搁就是好几年，而且他们还有了孩子。

路途遥远，家里又有老人、孩子要照顾，还得参加劳动，一拖又是好些年过去了。

李化武每次提及，杨正清总是说：“没得事，以后再说，等娃儿们再大一点儿。"妻子没有多余的话，李化武深知她的心意。

好几次，李化武都看到她轻哼童谣哄着孩子睡觉，哼着哼着，便泪水潸然。

她何尝不想家，不想自己的爸妈，只是，她放心不下这个家呀！

直到1997年，李化武才陪着杨正清第一次回娘家。

39年。

整整39年。

从嫁给李化武离开南部，已经过去了39年。

凭着已模糊的记忆，她辨认出故乡的大概方向，却怎么也找不到家门了。

好在碰到了张光龙的妻子周玉珍，由她带着回到了家。

物是人非。

哥哥已白发苍苍，姐姐在她婚后两年就因病去世。父母也已双亡，而身为女儿的杨正清却一无所知，只能在坟前痛哭一场。这一生，终究愧对双亲。

李化武的心里掀起一场汹涌的海啸，但他静静地站着，没有让任何人知道。

两年后，因为癌症，杨正清永远离开了她倾慕的英雄，她深爱的孩子，以及日日不停的琐碎的生活……

曾经，李化武以为自己终将一个人面对所有，他从来不敢奢望自己幸存下来的生命还可以与另一个毫无血缘关系的生命融合在一起。命运是眷顾自己的，不仅有了爱情的结合，还创造了6个崭新的、延续着彼此血脉的生命。

即便大半辈子都过去了，也总觉着日子还长。

妻子生病的这段岁月，李化武恨不得将自己解构成无数碎片，以便嵌进所爱之人生命的每一个缝隙。

终究，没有来日方长……

"她一辈子都在照顾我，照顾老人娃儿，照顾这个家，要是当初不跟着我，她哪会吃这么多苦？"每每提及妻子，李化武总是感叹，"可惜……可惜走得这样早，都没能享一天福啊。"

漫漫长路，李化武默默地走下去。

带着那些割舍不下的旧时光……

矢志回村

"身残，革命意志不能残。我决定了，我要回到农村去。"

赴京参加演出，这是多么让人引以为傲的事。

很长一段时间里，李化武兴奋不已。至于演出引发的轰动，他们是无论如何也没想到的，更没有料想到会接受党和国家交付的开展全国巡演这项光荣的任务。

他们每到一个地方，当地党委、政府和社会各界都极其重视，也给予了他们无微不至的关怀。李化武备受鼓舞，他说，祖国的温暖无处不在。

他跟着演出队在吉林长春第一汽车制造厂参观了中国自己制造的"解放"牌汽车，在黑龙江哈尔滨参观了东北造船厂和航校，在辽宁沈阳飞机厂参观了第一架喷气式飞机，在北京丰台参观了中国人民解放军八一电影制片厂……国家飞跃发展的动人景象，让他欣喜不断，惊叹连连；中国人民勤劳奋进的精神品质，更是一缕缕明媚阳光，穿越荆棘，穿透迷雾，让他内心激动万分，周身热血沸腾。

每到一个城市，当地的烈士陵园或烈士纪念馆，是他们必定要去参观的。

在南京，瞻仰死难烈士纪念碑，李化武深受震撼。历史悠久的雨花台一度沦为国民党统治者屠杀共产党人和革命志士的刑场。"为有牺牲多壮志，敢叫日月换新天。"红色基因植根于鲜血染红的泥土中，烈士不计其数，而留下姓名的仅2401位。他们久久凝望那个山坡，陷入了沉思。临走时，李化武捡了一块石头，放进衣兜。睹物思人，以此缅怀先烈。

革命圣地瑞金——这是一个光荣、神圣的名字。在瑞金中央革命根据地纪念馆，一草一木、一山一水都蕴藏着撼动心灵的英雄史迹，一砖一瓦、一字一句都铭刻着革命先烈的赤胆忠魂。交织着血与火的岁月已经远去，但每一次仰望英雄，李化武都觉得是一次唤醒初心使命的自我点名。

在广州巡演期间，李化武学习了向秀丽的事迹。向秀丽是党的好儿女，她毫不犹豫用娇弱的身体挡住了来势凶猛的火流，赢得了灭火时间，避免了一场严重爆炸事故，而自己全身67%被严重烧伤，休克了三天三夜。

醒来后，她第一句话是询问同事有没有受伤，金属钠有没有爆炸……

想想，自己当初也是昏迷三天三夜才醒来，能活下来，多么幸运；26岁的向秀丽却因伤势过重没能挺过难关。

她永远离开了，而她的儿子才两岁。

李化武不由得潸然泪下。比起她，自己失去的算什么，而自己得到的又是何其多。

"向秀丽，顶呱呱，雄雄烈火也不怕，英勇牺牲为国家……"这首童谣流传在广州的街头小巷，也久久回荡在李化武的心间。

……

一路巡演，一路参观，一路学习。命运相系，情感相连。

不知不觉中，李化武的思想渐渐发生了转变。

1959年3月，演出队告别武汉回到四川，继续在成都、乐山、内江、自贡等城市汇报演出。

心里的想法越来越明晰，李化武等待着一个合适的时机。

1961年，演出队全体同志被安排到广元宝轮荣校开展思想宣传工作。

演出队住在宝轮荣校，搞演出，作报告，带动在这

迈步从头越

095

里休养的残疾军人一起劳作、一起学习，乐观面对生活。半年后，这批轻度残疾军人有的返回了家乡生活，有的根据身体状况安排了合适的工作，继续发光发热。

李化武随演出队又乘火车回新繁。

他临窗而坐，望向远方。"哐当——哐当——"，车轮与铁轨重重的摩擦声在风里盘旋，他那重重心事也跟着荡漾了一路。

当初，全国巡演结束返川后，李化武回到广元辗转了几个地方，在剑阁沙溪坝才找到了正在修铁路的妻子，将她接到了新繁插队。按说，夫妻团聚，吃喝不愁，日子可以稳稳当当过下去，李化武的思想斗争却越发强烈了。

"现在自己才二十几岁的人，一天在荣校吃了耍、耍了吃，咋个对得起党、对得起人民呢？咋个就不能想办法继续为党和人民服务呢？"

"未必（四川方言中"难道"的意思）我就再也没法参加社会主义建设了吗？未必我年纪轻轻地就这样要人服侍一辈子吗？"

"我如果回到农村去，与社员一起搞建设，为啥不可以呢？"

"如今比不得别人了，自己双手都没得，劳动起来会不会拖后腿？"

"不管怎样，我不能再待在荣校'享清福'了。"

"回去的日子不好过，我晓得，肯定会面对很多很多困难。我究竟得不得行？"

"都是上过战场打过仗的人了，还怕啥困难？"

"身残，革命意志不能残。我决定了，我要回到农村去。"

"我要回到农村去！"

决心已下。

李化武等不了了，他坐在桌前，工工整整写好了申请书，并提交院党委。

院里考虑到他的身体状况，担心他回去吃不消，领导和工作人员再三劝说："你就在这儿安安心心休养，这是组织对你们的关怀和照顾。"

"感谢组织对我们的关怀，但我不能继续接受这个照顾，受伤以来，组织已经照顾我很多很多了。"

"你想做事情也不一定非要回农村，回去了你这个身体状况又怎么生活？"

"我这么年轻，黄瓜才起蒂蒂，我有啥怕的？放心嘛，我能适应。"

"你不为自己想，也要考虑下你的妻子，你忍心让她跟你一起吃苦吗？"

"她愿意跟我回去，我也会尽力让她少受点儿苦。"

"那将来，你们的娃儿呢？留下来，至少生活条件要好得多啊。"

"农村那么多娃儿都能过，我的娃儿有啥特殊呢？一样能过。"

"你呀，你呀，九头牛都拉不回，咋就这么犟？"

"我就是要锻炼我自己，做一些有益的事情，更何况，我还是一名党员呢。"

……

院里还是迟迟没有批准他的请求。

李化武便再三申请。

最后，教养院勉强同意让他回去，先试一试。

1963年3月，四川省民政厅给他办理了分散供养手续；6月，新繁县公安局为他开具了迁移证。

李化武告别那些鲜花、荣誉和掌声，辞别了战友，带着妻子回到了故土——广元县紫云公社（现广元市昭化区元坝镇云雾村）。

"功在战友"

"仗不是一个人打的！我们牺牲了多少好同志啊！是他们用自己的命才换得了胜利……要说功，功都是他们的！"

听说李化武主动要求返乡，还真的就带着妻子回来了，乡亲们又热情地来家看望。

"你这是为国家受了伤，有条件好生休养，你咋就回这苦哈哈的农村来了？"

"你看你现在多么不方便，回来了咋个生活？"

"放着休养院的清福不享，偏要自己在土里刨食儿，而且你这……这手……摸不到（方言：不知道）你是咋个想的？"

……

大家你一言我一语，都不太理解李化武的做法。其实，他们都是心疼这个小伙儿，毕竟看着他长大的，现在落得一级残疾这么个情况，只愿能少受点苦就少受一点。

李化武微笑着一一谢过大家的关心，"不要看我没得手了，我还有口，还有两条腿，我口还能说话，腿还能走路，日子就能过。"

"你对国家有功啊！你当受到特别的照顾，不需要自己再那么辛苦。"

"就是，就是，你是功臣，大功臣。回来了也可以好好休养。"

"对呀，对呀，说是你立了一个二等功。"

"啥？哪个说的？可莫乱说。功都是拿命博的。"

"我们也是听说的，说你有个二等功。"

"那是休养院给的二等休养模范，可不是二等功，再莫乱说了哦。"

"不管咋说，你是有功之人，这没法否认。"

……

当大家谈论起功绩的话题，李化武慢慢低下头去。

"我自己最清楚，仗不是一个人打的！我们牺牲了多少好同志啊！是他们用自己的命才换得了胜利……要说功，功都是他们的！"他喃喃自语地说，"能活下来，已经是最大的幸福了，哪里还能居功？"

袍泽情深，又想起那些浴血奋斗的战友们，李化武的心再次隐隐作痛。他泪水盈满了眼眶，不再说下去。

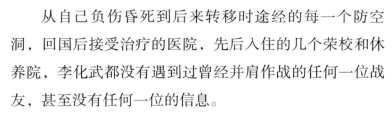
从自己负伤昏死到后来转移时途经的每一个防空洞，回国后接受治疗的医院，先后入住的几个荣校和休养院，李化武都没有遇到过曾经并肩作战的任何一位战友，甚至没有任何一位的信息。

当年那颗炮弹，夺走了李化武的两只前臂和一只眼睛，贴身保管的慰问品幸运地跟随着他回到了祖国。

这些是李化武最珍爱的"宝贝"。

一枚"抗美援朝纪念章"。

铜质的纪念章已经微微发黑，别针处也有了点点锈迹，棱角也被磨得圆润了些，而中间那颗红红的五角星依旧闪闪发光。

一张纪念手帕。

素色丝绸材质，一角印有"抗美援朝保家卫国　中国人民赴朝慰问团敬赠"的红色字样。这是他生活中不可或缺的"朋友"，或者说，这就是他的"助手"。残疾后，他就是用这方手帕学会吃饭和写字的。后来，换作了布条，这手帕便用以包裹口琴，陪着他到各地巡演。如今，手帕已泛黄，沉淀着岁月的颜色。

还有一个布袋。

正面印有一名志愿军战士手握钢枪神情坚定望向前方的图样和"抗美援朝　保家卫国"的字样，背面印有

"中朝人民军队并肩前进保卫世界持久和平　中国人民赴朝慰问团赠"等字样。

"这不是一个普通的空袋子，当时里面装满了糖果。红的，绿的，黄的，那糖果儿像玻璃弹珠一样，透亮透亮的，都用玻璃纸包着，好看得很。"

从没有吃过糖的李化武，第一次尝到了糖果的味道——酸酸甜甜。那大概就是童年的味道、幸福的味道。那味道，他一辈子都不会忘记。

他舍不得多吃，只有非常口渴或者疲倦的时候，才拿出一块轻轻放到嘴里含着，水果香气在唇齿间蔓延，仿佛全身的每一个细胞都得到了舒展和浸润。

战争是苦的，糖是甜的，这一丝丝甜蜜，为战士们注入了力量和希望。

那时，李化武不识字，但他知道，所有图画字样都倾注着对和平的美好愿望。他将布袋紧紧揣在身上，这是他精神的寄托，也是他的"护身符"。

至今，几十年过去了，他常常睹物忆往昔。

山河早已无恙，但那些同自己出生入死的战友身在何方……

无臂庄稼汉

"跟著的活路你们是可以代替我做，但是，你们不能代替我想要投身建设的思想啊。"

"我要参加劳动。"

"我们这么多人，哪里需要你来搞劳动？"

"我回来了就跟你们一样，也是社员。"

"你这情况，咋个搞劳动？"

"莫看我没得手，我有法，我真的有法。"

李化武语气坚定。

乡亲们拗不过他。

粮食收割后，李化武主动承担起翻晒的任务。拿不住搅谷耙，他就把搅谷耙夹在胳肢窝里，再来回推着木耙翻晒。

过秤时，没法拨动游砣，他就微侧着身子，用断臂一点一点地拨，时常被磨得渗出血。

不久后，他又开始放牛。

想来，距离自己上一次放牛，已过去20年了。

他请人帮他特制了一根比普通赶牛棍长出两倍的棍子，用时夹在胳肢窝里。一群顽皮的孩子总是屁颠儿屁颠儿跟着他，嚷着让他讲故事。他们喜欢听这个"怪叔叔"讲述的事儿，那是他们不曾体悟过的生活，是他们难以想象到的世界。有了这群小跟班，李化武赶牛倒是轻松了一些。

靠着树干坐下来，头顶满树韶光，枝叶间斜斜地透着记忆。看着孩子们风一样地跑着，无忧无虑地笑着、闹着，李化武总是忍不住眼角沁出泪来——日子总归是好起来了。

希望所有孩子的童年都不会再食不果腹、衣不蔽体。

时间一久，李化武已不满足于简单的劳动，看到大家挑粪，他说他也要试一试。

乡亲们一听，难以置信，又一次劝他不要勉强自己，只干点轻松活儿就行。

"1958年6月在北京演出的时候，有一回我们去十三陵水库建设工地演出和劳动。我当时就学习用竹

筐挑土石来着。反正都是挑嘛，应该差不多。我有法挑。"

李化武用胳肢窝夹着粪瓢将粪水一瓢一瓢舀到桶里，然后调整自己的位置适应扁担的平衡，再缓慢起步。

粪水和土石毕竟是有区别的。

爬坡上坎时，没有双手很难掌握平衡，于是常常跌倒打翻粪桶，他被溅得全身都是粪水。也顾不上自己的衣裤，他总是自责粪水没有挑到田地里就洒了委实浪费，转而又回去继续舀，继续挑。有时连人带桶摔滚在地，没有双手作缓冲，总是旧伤未愈再添新伤，又常常脸着地，摔得鼻青脸肿，疼得龇牙咧嘴。

残臂太短，他没有办法直接完成扁担换肩，只能放在地上，调整位置后重新起步。这样一来，就会耽搁时间。李化武不想因自己影响劳动进展，便不换肩，从起步一次性挑到终点，肩膀被磨得红一块、紫一块，甚至磨破了皮，出了血……

粮食入库，他也主动去背。没手就没法使用"打杵子"（川北山区农民背东西时使用的一种工具）支撑背篓歇气，只有遇到合适高度的大石头或田坎，他才可以稍微休息片刻；要是遇不到合适的地方，他就只有一直咬牙攒劲，负重前行……

再简单不过的农活，在他这里，要想干成、干好，都得要经过百次、千次的尝试和练习。

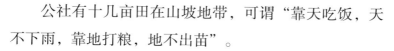

公社有十几亩田在山坡地带，可谓"靠天吃饭，天不下雨，靠地打粮，地不出苗"。

这年，雨小，地势高一点儿的田块间又缺水插秧。李化武便和社员们一起戽水。

戽水就是用桶汲水灌田，干旱季节，人们只能用这样的方式来保住生产。

戽水这门活儿，对于李化武来说，难度可想而知。他用一只残臂的肘部挂着桶梁，另一只残臂支撑着桶底，蜷着身子，用尽力气，一桶一桶地戽水，很快便汗如雨下，湿透衣裤。

社员们一再劝说："李化武呀，你做这个活路（四川方言：劳动、干活等）太难了，你换个别的事做嘛。"

"没得事，没得事，我得行。"李化武摇摇头，心想：艰苦的活路你们是可以代替我做，但是，你们不能代替我想要投身建设的思想啊。他仍然一桶一桶地戽。晚上，腰酸、肘痛、肩麻，翻来覆去睡不着觉。

"明天是继续坚持，还是换个轻松点的活儿干呢？"李化武也曾有过片刻犹豫，不过，他立即彻底打消了这个念头。身为党员，不就是该踩着困难走，越是艰难越向前吗？当下的困难无非就是苦一点而已，为建设吃苦，再苦也是甜。

就这样，李化武坚持了好几个昼夜，和社员们一道，抢栽了几十亩秧苗。

李化武心里一直装着这个事儿：不能一直靠天吃饭，侥幸一年是一年。

一次，李化武受邀在绵阳参加会议。国营长虹机器厂一名政委听到他在大会上的发言很是感动，会后主动同他交流。

摆谈中，李化武打听道："你们厂除了制造电视机，还生产其他的吗？"

"要呀，还多呢，比如柴油机之类的。"

"柴油机？"李化武闻之心中一振，喜上眉梢，"可以卖给我一台吗？"

得知缘由，会议间隙，这名政委便带着李化武前往厂里找到厂长，挑选了一台合适的柴油机。厂里用木板打包好，运输到火车站，帮助李化武办理了托运。

会议结束后，李化武回到广元，又置办了水管等配件，再找车子将柴油机运回到公社。

这台机器能够很便利地带动水泵将水抽到山坡的田间，此后，社员们再也不用担心干旱无水栽秧了。

秋收后，有几十亩冬水田渗漏很大，为了保住冬水，社员们抢着去耙田。

在集体最需要的时候自己却不能参加战斗，李化武在田埂上来回踱步，眼巴巴看着，心里毛焦火辣。

"中国人死都不怕，还怕困难么？"毛主席的话再次回旋在他脑子里，是啊，一路走过来，还有什么是不能行的呢？

不管大家怎么劝阻，李化武既固执又坚决，牵牛下水，学着耙田。

肩胛窝夹着那根已被他磨得滑溜溜的长长的使牛棍，将粗糙的牛鼻绳缠在一只秃肘上。一开始，根本站不住耙，踉踉跄跄跟着，牛又不听话，往前一挣，就把他摔扯在了田里，冰冷的泥水很快湿透身体，也灌进他的耳朵里，嗡嗡嗡直响。

这寒冷，这声响，像极了几十年前那冰山火海的战场。

"不能倒下，不能倒下！起来，站起来！"

李化武咬紧牙关，好不容易蜷缩着身子跪了起来，挺直脊梁，改换单膝，一脚着地，腿支撑，用力一蹬，站起来。不等粗气喘匀，不等眼前金星消散，那牛的长尾巴一甩，飞溅的稀泥落得他满头、满脸、满衣裤都是，嘴里又涩又凉。

也顾不上这些了，他扶正耙，继续。若滚下去，就爬起来；再滚了下去，就再爬起来……

好在，他终于学会了耙田。

八千里路

当然，李化武绝不满足于此。

千难万难，畏难才真难，凡事尝试去干，并干起来，再困难也不算难了，就像他又学习耕地一样。

依旧是夹着使牛棍，缠着牛鼻绳，弓下身子，李化武用他两只残臂的截面颤颤巍巍扶住犁耙尾。不易平衡不说，他还经常被耕牛拽着走。几番摸索后，他请人把犁耙改良，在扶手处套了个圈。这样，他在劳作时，一只肘穿在圈里，便于掌握平衡，也省些力气，等牛回头，他能较容易地抬起犁耙。

牛鼻绳深深勒进肉里，断臂常常被磨破了皮、拉出了血，肿得厉害，破了结痂，痂破了结，结了破，破了又结……

"嘚儿——嘚儿——嘚儿"，一声声唤牛前行的吆喝，回荡在田间地头。

泥土味儿，那样芬芳。

慢慢地，那头一向倔强的老水牛通了人性，变得格外温顺，和李化武配合得非常默契。

后来，李化武要随儿女定居广元，实在不忍心将这位"老伙计"卖给屠宰场。

牛贩子再三保证，一定不是当肉牛处置，李化武这才恋恋不舍地将牛鼻绳交到贩子手中。

牛贩子牵着牛离开的时候，"老伙计"回过头，望着李化武，眼眶里居然闪动着泪花。

终是不放心，第二天，李化武赶到牛贩子所说的交易地点，才发现，"老伙计"根本没有被带来过这里。

李化武再三打听核实，确认——自己是被牛贩子骗了。

"老伙计"已被屠宰。

李化武悲愤交加，泪流满面。为此，30多年来，他始终难以释怀。

韧的力量

"天大的困难我也能克服。你们看，现在，我不但不要人服侍，而且还能为党和人民做一些事，我很满足。"

青年正当时，李化武有用不完的劲儿。

重活、苦活、累活，他都争着干、抢着干。就算再劳累、再疲乏，只要睡上一觉，第二天浑身又充满了力量。坚持劳动，他没有一天放空。

不过，后遗症却是越来越明显了。

天气晴朗的时候还好，遇到阴雨天，断臂的截面钻心刺骨地疼，对整个肉体发出猛烈冲击。他没有可以对抗的武器，只能勉强用左臂肘敲敲右臂肘，用右臂肘捶捶左臂肘，疼得啦啦有声，慢慢麻木。

一到冬天，双脚的脚后跟和脚指头便会严重皲裂，密布着蛛网般的血口子，那是当年的冰雪与寒气留给他永久的"纪念"。他抹一点儿猪油稍作缓解，用鞋拔子穿上鞋，又继续忙里忙外。

有时，干活力气用得大了些，右眼里安装的义眼便会掉落出来。他用断臂轻轻夹起来，在水里涮一涮，又塞进眼眶去。反反复复，次数多了，他嫌麻烦，也怕感染，干脆扔掉了那只义眼。没了支撑，时间一久，他右眼的上睑和下睑慢慢靠拢，只留了一条小小的红色的缝，还时不时地流出微微泛黄的泪水。

对他来说，这些根本算不得什么。

让他颇为自豪的是，自己从来都是挣10分的满分工分！

当然，也有遗憾。

他常常望着家里那些农具发怔，总是想起离开家的那天早上，和他当初放回到墙角的那把被土石磨得锃亮的薅草锄……

这辈子，他都没有办法再拿起锄头了。

他偏过头，把泪星子摁了回去。

休养院派代表来看望李化武，再三叮咛："如果身体受不了，就回院里，大门永远向您敞开。"

"天大的困难我也能克服。你们看，现在，我不但不要人服侍，而且还能为党和人民做一些事，我很满

足。请你们代我向院领导汇报，我一切都好。"

其实，当年离开时，休养院特地开了一张证明，只要他想重新返回院里生活，随时可以，终身有效。

但是，李化武这一走，就再也没回过休养院，也没有想过要回去。

李家向来是通情达理的。

李化武的哥哥年纪轻轻离世，留下嫂子和一个年幼的孩子。家里帮着寻了一户好人家，让嫂子带着孩子改嫁过去。

从休养院回来，考虑到弟弟已经成家，李化武兄弟俩便分了家。父母单住，三间土坯墙茅草顶房子，一家分得一间。

1966年，李化武夫妇有了第一个孩子。他小心翼翼地抱着女儿，开心得合不拢嘴。

1967年，李化武用积蓄请了匠人就着原来的地基修了木架房子。虚脚楼下用作猪圈和牛圈，楼上作为卧房。

接着二女儿、三女儿出生，家庭负担日益加重。

李化武每天忙完田间地头的活儿，还得忙灶前灶后的活儿。对于他来说，干家务活确实是一件让人难以置信的事情。

他将木柴一头搭在矮木凳上，单脚用力，从中踩断，再用断臂夹着塞进土灶孔里。若木柴没有干透，自是格外费力费时。有时，来不及搅锅里的粥，等闻到煳味儿，为时已晚。

不过，很快，他就熟练了，烧火、煮饭、扫地……没有能难得倒他的事儿。

他一到家就帮着妻子分担家务，仿佛他的双手一直都在。

最幸福的事情莫过于忙完一切，抱一抱襁褓里水嫩嫩的孩子。瞧她，睡熟了，小嘴儿还咂咂有声，大抵是梦到吮吸甜甜的奶汁了吧。

看着看着，李化武泪湿眼眶，他埋下头，将脸轻轻地贴近孩子的小脸、小手："要是我能摸一摸她，那该有多好啊！"

那时，人多粮少，收成也不好，家里日子拮据。

才几岁的老大、老二放学后也到田间拣麦穗，一株一株，一粒一粒。腰背酸软的一场劳作，换得公社一顿稀溜溜的晚餐，勉强充饥。

有一年冬天，家里缺粮，实在是揭不开锅了。

李化武从来不愿给谁添麻烦，无奈孩子们嗷嗷待哺。他辗转反侧几个夜晚，才硬着头皮到大队书记那里借生产队的储备粮。来之前，他反反复复做自己的思想工作，好不容易鼓足勇气，推开了书记家的木门，身后一股寒风"嗖"地一下灌进屋内。

"呀，李化武啊，快进来，快来火堆边坐。"书记连忙起身相迎。

"书记，我，我找你有……有点事儿……"李化武吞吞吐吐。

"啥事？坐下慢慢说。"

"我，我想借点儿粮过冬，"李化武没有挪步，微低着头，结结巴巴道出自己的来意，"书记你看，看看，能不能行个方便。"

说着，他从旧衣兜里夹出来一张皱皱的纸条，颤巍巍地递给书记。

书记的儿子徐怀明从火堆旁"哒哒哒"跑过来，踮起小脚仰望，很是好奇："爸爸，这是啥？"

"是借条。"

"这上面好多字哦，"徐怀明看着眼前袖管空空的叔叔，又望望父亲手里的东西，疑惑不解，"我看你写字都是用手，他手都没得，也有法写？"

书记有些难为情，轻轻敲了一下儿子的头："你小娃儿家不懂，一边烤火去。"

李化武走后，书记长叹一口气，转而跟妻子说："你说这个李化武，真是不容易，现在老人娃儿一大家子人，吃粮都是问题。"

"那不是咋的，要是不回来，吃穿有人管不说，娃儿些也不至于造这孽。"

又一阵叹息。

火坑里火苗跳动着，时不时噼啪作响，徐怀明斜坐在小凳上，歪着小脑袋，他不知道爸妈在说什么，还在想着那个叔叔是怎样用那个捣蒜锤一样的秃肘肘来写字的。

"娃儿们呀，你们记到，这个人是了不起的人，是对国家有功劳的人，你们要尊重他。"书记对几个孩子嘱咐道。

徐怀明似懂非懂地点点头，毕竟那时他才5岁。

等到第二年，李化武到紫云小学讲"忆苦思甜"主题课，作为刚入校的学生，徐怀明才知道之前来过他家里的这位叔叔竟是一个大英雄。他身残志坚的故事，让学生们深受震撼和感动。

"娃儿们呀，你们要好好学习，是好多战士的牺牲才换来了今天，你们一定要珍惜……"

从此，徐怀明幼小的心里，也埋下了一粒种子。后来回想，那大概就是他最早接触到的红色教育了。

之后，李化武每次来学校讲课，徐怀明都是听得最认真的那个。

如今，徐怀明是广元市昭化区元坝镇云雾村党支部书记，面对一些艰难险阻的时候，他总是想起李化武，想起李化武在村里几十年间是怎样奉献自己，服务村民……

当初埋下的种子长成了大树，根系绵绵，枝繁叶茂，徐怀明说，他就是在这棵大树的引导和滋养下，成了更好的自己，成了一名合格的基层干部，带着村民们勤劳致富。

日子，一天比一天红火。

义务宣传员

"我一宣讲起来，就常常忘了时间。嘴巴念干了，肚皮读饿了，手臂举麻了，仍不觉着累。"

"同志们，刀不磨要生锈，人不学习要落后，今天我们学习《人民日报》中这篇文章……"每天社员们出工时，李化武的宣传就准时开始了。

那时还没有广播站，李化武就是行走的"大喇叭"。

他请人将铁皮卷成喇叭筒，穿上麻绳，这样便于他搭在肩膀上携带，把手处改良成一个小铁圈。宣讲时，他把残臂套在圈内，肘关节弯曲支撑，抬肩将喇叭筒举至嘴边。

他跟我说："我一宣讲起来，就常常忘了时间。嘴巴念干了，肚皮读饿了，手臂举麻了，仍不觉得累。"

在山梁上宣传时，就把喇叭筒架在树丫上。在坝里劳动，若找不到合适的树丫，有时就把喇叭筒放在田坎上，他蹲在或跪在田坎下宣传。常常把两个膝盖跪得通红，双腿又酸又痛，汗水直往下流。他完全不在意自己的辛苦，一门心思投入其中。

党的方针政策、国家时政热点、重要新闻报道、社论社评……即便只是初小文化水平，李化武宣传起来一点儿也不含糊，心想着自己多宣传一点内容，就是给群众多增加一份精神力量，也对党多增加一份信任。

知识无止境，他的自学劲头越来越足。

他还经常抽时间去详细了解公社的好人好事，自己撰写稿件，再进行广泛宣传。

李化武义务宣传的事迹很快传开来。

20世纪60年代末开始，李化武先后应邀参加了广元县党代会、绵阳地区首届活学活用毛主席著作积极分子代表大会、四川省学习毛泽东思想积极分子代表大会、四川省"双拥"先代会、四川省党代会等各类会议。他多次走上主席台就座，并作大会发言。

"参加会议对我也是很大的教育。"每每讲起这些过往，李化武都那么谦虚，当然，也满是欣慰和自豪。

会上一般会发放《毛泽东著作选读》甲种本、乙种本和《毛泽东选集》等多种书籍，李化武都会仔细收捡好，带回家来赠送给能识文断字的社员。农闲时，自己也会给大家读一读、讲一讲。

那个年代，信息来源很有限，他便四处打听，托人帮忙买了一部半导体收音机。自己实时收听，有最新信息，就立马记下来，及时向大家宣传，一有时间也组织社员收听。

20世纪80年代初，他又用自己好不容易省吃俭用的500元积蓄买了一部黑白电视机，架起高高的天线，调试出信号，这神奇的新鲜事物让大家喜笑颜开、兴奋不已。那时，李化武已经攒钱第二次修了房子，之前的木架房质量不好也很窄小，现在的土坯房宽敞明亮。每天晚饭后，社员们便三三两两聚拢在他家，一起看电视，既是劳累一天后难得的放松和娱乐，也是另一种形式的知识学习和视野拓展。

有一次，李化武在省上参加会议，达县（今四川省达州市）某铁道兵部队同志听了他在大会上的发言，深受触动。他们驻扎在重峦叠嶂环境险恶的大山里，条件极其艰苦，正需要李化武这样的精神力量来激励来鼓舞。

部队决定邀请李化武作专题报告。

两位同志转车四五次，历经两三天才从达县抵达广元。几经辗转，找到李化武时，他正在紫云山上给生产队放牛。

得知其来意后，李化武安顿好妻儿，随两位同志前

八千里路

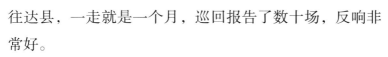
往达县，一走就是一个月，巡回报告了数十场，反响非常好。

后来，他又应邀赴成都、绵阳等地的部队、厂矿、学校作报告百余场。

因为交通不便，每次外出搞宣讲或作报告耗时较久，家里有幼小的孩子需要照顾，有繁重的农活需要干，但只要哪里有邀请，李化武从来都是欣然前往，把自己的困难先放一放。

二女儿出生后，为了减轻家里的负担，李化武每次外出都将大女儿李开香带上。两三岁大的李开香，就这样由父亲用家里的旧竹背篓背着，走过省内好多城市。

他题为"立志做最坚强的人"的报告，用自己的亲身经历宣传党的路线、方针、政策，宣传自强不息、顽强拼搏战胜困难的革命乐观主义精神，感动和激励了无数人，成为那个独特年代的人生坐标和精神旗帜。

提起李化武，人们无不竖起大拇指，啧啧称赞。

李化武就是那个最坚强、最可爱的人。

"休养模范""优秀共产党员""社会主义建设积极分子"……多项荣誉称号加身，人们称李化武为"英雄"，但他从不以此自居，反而认为自己比谁都"普通"。

数十年如一日。

此时此刻，我们并肩漫步在嘉陵江畔，爷孙俩沐浴着初夏的阳光，说说笑笑拉着家常。

一片热肠

"别人有困难就得搭把手，自己的利益事小，
能帮人一点是一点。"

"爸爸，爸爸，你咋才回来嘛？"李化武从外地作报告回来刚到家，李开香就一把扯着他的半截衣袖，哭诉道，"妈病了，被人抬走了。"

"啥？抬……抬到哪里去了？"

"说是旺苍的医院。"

李化武来不及喝口水，立即赶到广旺矿务局职工医院。

前几天，妻子杨正清持续发热，胸痛不止，病情日益加重，邻里这才帮忙把她抬到了医院。经检查，她是患了心肌炎，随后住院接受治疗。

看着病床上的妻子，李化武心里五味杂陈，背过身，偷偷抹泪。

那时，小儿子李开杰才几个月，又突然腹泻，也带到医院来，在儿科治疗。

李化武既要照顾妻子，又要照顾儿子，忙得脚不沾地。

恰巧，时任大队书记的张怀林患了精神疾病，其家属听说李化武在医院，便委托亲属张文举将张怀林也送了过来，希望能凭借李化武的"特殊"身份"照顾"一二。

当时医疗条件很有限，广旺矿务局职工医院表示治不了这种病，建议他们去以脑科为特色的绵阳第三人民医院看看。

绵阳，路途遥远，人生地不熟，这怎么办呢？一家人急得团团转。

"走，你们先回家收拾东西，我送书记去绵阳治病。"李化武没有丝毫犹豫。他给妻子做思想工作："别人有困难就得搭把手，自己的利益是小，能帮人一点是一点。"妻子一向温婉明理，自己都还病着，又要照顾从儿科抱过来放到她病床上也生着病的儿子。

次日凌晨3点，李化武带着张怀林和张文举摸黑步行几十公里从紫云到白水搭乘7点开往绵阳的火车。

下午4点，他们抵达绵阳。在办理入院手续时，医院要求先交100斤粮票才能住院。

那年月，粮票何其珍贵！

临行前，他们东拼西凑也才带了10斤左右的粮票。

一时间，100斤粮票，到哪里去凑？

张文举叹了叹气："那，那我只有回去卖粮了。"

"从屋里到粮店，三四十里路，就算凑够粮食，再背去卖，加上来回车程，也需要耽搁好几天，病等不起啊！"

"那咋办？来都来了，总要治治看。"

"这样，你留在这里，我回去。"李化武将其拦住，"我去想办法，你陪着书记，放心吧。"

李化武连夜返回广元，在招待所住下。次日，天麻麻亮，他就到了县伙食团。李化武经常到县上参加会议或者作报告，伙食团这边的人对他都很熟悉。

"老李，你咋这么早来了？有啥事哇？"

"我有个最大的困难解决不了，需要你们帮忙。"

"你可从来没开过口，是啥子事呢？"

"粮票。我送了一个病人到绵阳，入不了院，要100斤粮票。"

伙食团采购员登记后便为他取来粮票："老李啊，你这个人，从来都是只想着别人。"

连连谢过后，李化武又马不停蹄地前往广元火车站，搭车到了绵阳，帮助张怀林顺利办了入院手续，做相关检查和治疗。

安顿好病人，他才赶回旺苍去照顾妻儿。

两周后，妻儿病愈出院。

一个月后，支部书记也康复回家。书记一家千恩万谢，感激涕零："谢谢你呀，真是多亏了你呀，要不是你帮忙，我们麻烦就大了，你是我们一家的大恩人呐。"

"都是邻里乡亲的，说啥谢不谢的，谁家没有个困难的时候呢？"

书记还是连连致谢："莫得你帮忙，就莫得现在好模好样的我了。我们咋个感谢都不为过啊。"

李化武用他那断臂拍拍张怀林的肩说："莫再说感谢我了，你们要感谢的话，就感谢党，感谢政府，我是党员，这是我应该做的。不管是谁遇到这样的情况，我都会这样做的。"

一家人眼泪汪汪，直点头。

张怀林本就勤恳务实，经此一事，对工作更加兢兢业业，他要继续为党的事业贡献力量，跟李老一样。

"那个时候，您能舍下妻儿去帮别人，常人难以做到。"我不由得感慨万千。

"我晓得，妻儿需要我的肩膀，但别人的困难，咱不能不帮，能帮就一定要帮。"李化武说。

我看着他，眼前再次朦胧了。

1982年，家庭联产承包责任制实施。

小儿子才5岁，父母也上了年纪，李化武和妻子身上的担子越来越重了。

他们披星戴月，劳作不辍，日子浸泡在汗水之中。

邻里说："有事就招呼一声。"李化武总是挥挥他的断臂，回以微笑："谢谢啦，我们自己能行。"

帮起别人来，他从来都是义无反顾，他自己却不会轻易开口请人帮忙。

他悉心照料着田地间的稻谷、麦子，看到绿油油的庄稼，就像看到生活的光泽，闻到生活的芬芳，而它们不像是长在田地里，而是长在自己心上。

第二年，李开香到紫云小学学习缝纫技术，有一回牙疼得厉害，在就医过程中认识了医生张朝宇。两人因医治牙齿而结缘，相互倾心，在一段时间的交往后确立了恋爱关系。

张朝宇敬佩李化武，更心疼李化武，从此，他成了家里的主要劳动力之一，不出诊的时候都会来家里劳作。

一家人的境况也慢慢好转，粮食渐渐丰盈。

1989年，李开香和张朝宇结婚，这个女婿早已是家中的半个儿子了。

为陪五女儿和小儿子读书，1991年，李化武举家移居广元。

在政策范围内，广元市民政局为他协调了一套73.62平方米的公租房，为了方便他行动，特意安排在一楼。

在这栋房子七楼住着一位老同志，腿脚不太好，上下楼有些费劲。李化武听说后，立即找到这位老同志，说自己愿意跟他互换房屋。

就这样，李化武去住了七楼。

一些人不理解："你呀你，就是做好事也要量力而行嘛！""你自己都是残疾，本就需要特别照顾，本就是最不方便的那一个，还见不得别人吃苦。"

"组织给我协调的公租房，房租那么低，基本相当于白住，已经很好了。"李化武打趣道，"况且，我身体还硬朗，腿脚也利索，换到七楼有什么呢？每天爬爬楼梯，权当锻炼身体。再说了，这也是我应该做的嘛。"

他说："我觉得身为一名党员，有困难就要上，有荣誉就要让。"

他就是这样，心里永远都装着党，永远都想着别人。

李化武在那套房子里一住就是好些年。

他慢慢上了年纪，每天上下七楼，儿女终是放心不下。到2005年，他们筹钱买了一套二楼小户型的房子。

2015年，因为修建西成高铁，火车站扩建，这座房子被划入拆迁范围。第二年，李化武和儿子用折算后的拆迁款，又自筹一部分资金，购买了位于火车站附近的西江月小区的一套房屋。

李化武同儿子、儿媳一起居住。

儿媳辞掉了服装店售货员的工作，专程在家照顾李化武的衣食起居。

有一次，李化武在江边散步遇到了之前公社党委书记的女儿，摆谈中得知，周书记不幸患了癌症。

李化武便让儿子载着他回到紫云老家去看望周书记。

那年，周书记来检查工作时，有社员反映："周书记，李化武有国家给的残疾补助，还一样挣工分，这不是骑'双头马'吗？"

"那你把你双手拿下来跟他换？"

"我……这？"

"人家残疾了，双手都没得，但是背呀，担呀，抬呀……做了很多的工作，鼓励了很多的社员，人家亲自参加劳动了，并且哪一样都不比人差，难道不该给人家报酬？"

"该……该。"

"人家负担那么重，五六个子女，从来没有来找过我们，有啥困难都是自己克服的，这些你咋没看到？"

"我……我……我晓得了。"

……

公道自在人心。

日子久了，李化武得到了四邻八乡的肯定、信任和钦佩。

当然，关于这件事，李化武是在很久之后才知晓的。

"老李啊，你还来看我啊？我现在不行了。"退休卧病在床的老周怎么也没想到李化武会专程回来看他。

"你原来工作时，对我，对我家里的照顾，我是忘不了的。"

"你呀，啥事都是自己扛，根本不要我们的照顾。"

"我能自己干的当然自己干呀。"

"关键是你还总是帮别个。"

"顺带手的事，没得啥。"

"你这个人，就是倔。那年工农水库开工建设，全体社员都要投工投劳。大队书记找到项目负责人，想给你谋一个轻松点儿的活计，没想到这事传到你耳朵里，你将那大队书记是一通'批评'啊。"

"哎呀，我晓得，他们那都是为了我好，但我跟大家没啥不一样，绝对不能搞特殊化。"

"你倒是真的'不特殊'，背起行，抬起行，挑起行……干啥都行。"

"都是练出来的嘛。"

"邻里有纠纷了，总是你来调解，大家都信服你。哪里有公益劳动了，你也走在前，积极得不行。有时候，我都怀疑你是不是真的残疾。"

"哈哈，好像没得手也真的不影响我啥。"

"老李啊，大家都尊重你，是因为你值得尊重。"

……

不给组织添麻烦

"动不动就向国家伸手要不得，自立自强才是做人的根本。"

1991年，李化武移居广元。

"李老，从农村到城里来，生活上可有什么困难？"

李化武笑道："钱多有钱多的活法，那我钱少自然有钱少的用法，请组织放心，我一切都好。"

"有任何困难和麻烦，随时来找我们。"

"有啥困难我都可以自己去克服，去解决。事实上，我并没有为党和人民做多少事，但党和政府已经给了我很大的关怀。"李化武笑意融融，"放心，我现在生活得很好。"

1985年11月，民政部门出台相关政策。

　　因为信息闭塞，还是工作人员辗转找上门，帮李化武将子女转为城镇户口，并陆续将4个女儿安排在棉纺厂、供销社、食品厂工作。

　　等五女儿读书后到了工作的年纪，李化武找组织咨询，被告知国家政策发生变化，不能再直接安排工作。

　　打破"铁饭碗"——李化武一听，这是上面的政策，便不再多说一句。有人劝他再找找政府，毕竟他身份不一样，多找几次，万一就成了呢。

　　李化武立即反驳道："还找什么，政策是什么样，就怎么样执行，没得啥特殊。更何况，前4个女子都解决了工作。国家对我们已经够照顾了。"

　　五女儿没有工作，不久就嫁了人，靠自己的双手谋得一份踏实的生活。

　　小儿子李开杰自然也没有现成的出路。

　　他对高中的学业不怎么上心，一心想着开车——操控方向盘，是件多么酷炫的事情。

　　作为父亲，李化武语重心长劝说过，循循善诱教导过，但架不住孩子年少不羁呀！

　　李开杰高中没读完就开始跑车，先是为液化气公司运送气罐，后来开货车跑运输，其间，还到山西下煤窑挖过煤，在建筑工地上做过电焊工，开办过录像厅，也远赴千里之外打过工……近些年，他一边照顾家里，一边跑中短途客运。

当生活的压力接踵而来时，李开杰的心里自是有过波动和不平衡的。

且不说，几个姐姐相继下岗。五姐和自己的工作，当父亲的，根本没有去争取，更别说极力争取。其实，在那个过渡期里，就有一些同志三番五次找政府，找组织。为什么自己的父亲就不肯呢？这不是死要面子活受罪吗？吃亏的不是自己吗？更何况，父亲本身就是一名残疾军人，他因保家卫国而受伤，给他及家人一些特别的照顾不也是理所应当的吗？后来，听说一些老战士的子女得到了较好的工作安排，到自己这里，什么也没有。同样身为儿女，为啥别人能，自己就不能？差距咋就那么大？

李开杰心里是怨过父亲的。有时候，话赶话，他还会呛父亲几句。

"本来可以过轻松日子，偏要跑回农村找罪受，你图哪门子？别个的娃儿哪个不是风风光光的，我们呢？"

面对李开杰的不理解，李化武大都沉默，一些话他说不出口，泪花盘旋在小小的眼眶里。撑不住的时候，便扭过头，不让儿子看见那道泪痕。

李化武属于典型的中国式父亲，虽没那么严厉，但轻易不会表达爱。

很多次聊天，李化武都跟我说，他对子女有愧，他不算是一位合格的父亲。

怎样才算是一位合格的父亲呢？

偶尔有人在李化武面前开玩笑说："你这个老革命就是太老实，不懂得用自己残疾军人的身份为自己和后代争取应得的利益。"

李化武总是及时制止："莫这样说！动不动就向国家伸手要不得，自立自强才是做人的根本。"

我常常在想，一个人能说到和做到这样，是多么了不起啊！

比起母亲的爱丝丝缕缕渗透在生活的每个细微之处，父亲给李开杰的感觉似乎总隔着点儿距离。直到年岁渐大，李开杰才慢慢明白，怨恨父亲是自己年轻时不懂事，是偶尔不堪重负时的莫名冲动，在他心里，父亲是让他感到自豪的男人。

记得小时候，自己放学后到田里走在前面帮着牵牛，父亲在后面耕地，那牛不听使唤，自己牵着牛鼻绳猛地一拖，牛的犟劲儿上来弯着角就往前挣，自己被吓得左右乱窜，而父亲已被摔扯在地里。他没有双手缓冲，脸着地，鼻孔、口中呛满了泥。李开杰见状哇哇大哭。

"娃呀，你哭啥呢？"父亲跪着爬了起来，吐掉口中的泥，"莫哭，有啥好哭的，男子汉就该有个男子汉的样儿，不要一遇到啥子事就只晓得叫唤（四川方言：哭）。"

李开杰点点头，扯起已磨破的衣袖，揩掉泪，又帮父亲抖落身上的泥。

"这就对了嘛，来，继续耕。"

没有双手的父亲，干的农活和别人一样好、一样多，一些别人害怕干的活，父亲总是自告奋勇抢着干。每天回来，父亲看上去都那么疲惫，可又那么满足。

很多时候，父亲的爱不着痕迹。

有一回，几岁的李开杰生病发烧，迷迷糊糊间念叨了一句：想吃橘子。

大冬天的，哪里有橘子？就算有，得多贵呀。

第二天早上醒来，李开杰的烧已退。不见父亲的身影，便问母亲。母亲只搪塞几句，问了好几次，她才说："你爸给你买橘子去了。"

那时，当地是没有过季水果的，父亲凌晨便动身，夹着火把跋涉三四个小时山路赶到火车站，乘车前往广元。等买了橘子再乘火车返回，到家时已是晚上10点。

奔波一整天，就是为了几个橘子。

李开杰至今想起，仍觉得那橘子是他这些年吃过的最甜的橘子。

几个子女一生下来，看到的父亲就是这样，他们习惯并接受父亲的残疾。但有的人第一次看到他的样子，还是会害怕，本能地疏远开来。在李开杰的成长过程中，面对一些飞短流长，加之强烈的自尊心作祟，有一段时间他都不愿意父亲出现在他的身边。

在家里，父亲几乎不讲过去的经历，对于自己的一生，也甚少抱怨和惋惜。

后来，父亲每年都到学校讲"忆苦思甜"课，自己的老师、同学以及各级校友全都听过，且获益良多。父亲也常常应邀去外地作报告，搞宣讲。还有单位组织来田间地头看父亲劳作，即所谓的"现场教学"……

就这样，李开杰慢慢对父亲有了了解。

李化武从来不在儿女们面前宣扬自己的英雄事迹，只让他们踏踏实实生活，万事靠自己努力。

近些年，李化武获得越来越多的荣誉，越来越频繁地出现在各种主题报告会或者颁奖仪式的现场。大多时候，李开杰都陪伴在侧，有时也代父亲领受荣誉。至此，他才算是完整了解并接纳了父亲真实的一生，两代人之间有了真正意义上的理解。

父亲是英雄，也是凡人。

他也曾迷茫，甚至绝望，但他与母亲一起肩负起了生活的重担。臂膀虽残，却在艰难困苦中为6个儿女撑起了一个充满爱和温暖的家。

都说父爱如山，这座山到底是什么样的，许多人也许从未曾认真地去感知过，但父亲在那里，山脚下这方被称为"家"的土地，才有了尺度，有了方圆。

如今，大女儿李开香与女婿在广元城里开了一家擦鞋店，悉心经营了20多年，实现勤劳致富；二女儿李开碧因身体欠佳，在家休养；三女儿李开芬是城区一家大型超市的收银员，生活忙碌而充实；四女儿李开会年纪轻轻就因病去世；五女儿李开琼在家照顾小孩；儿子李开杰职业自由，时间弹性大，方便照顾家里。2021年中考，孙子李帅以782分的好成绩考上了广元中学，李化武的喜悦之情久久漾在嘴角、眉梢。

李化武总说，凡事要自力更生，不给组织添麻烦，不求富贵，但求平安喜乐、问心无愧。他是这样做的，也是这样对子女言传身教的。

也许，对我们绝大多数人来说，即便走到生命的最后一刻，一些事情都难以得偿所愿。人类本来也就是这样一代一代地从历史中走过来的。

李化武觉得，当回望一生，战斗了，劳动了，尽力了，便已足够，更何况在战场上保住了性命，还养育了儿女，儿女也都能自食其力，有自己很好的生活，这就是生命最大的恩赐。

Chapter
FOUR **4** 征程未下鞍

初心无尘

"保家卫国，我从不后悔。我所做的算不了啥，是那些牺牲的革命先烈，是强大的中国共产党，让我们享受到了今天的美好生活！"

2020年9月29日，在广元红星公园红星塔下，昭化区宣传文化系统"不忘初心、牢记使命"主题党课拉开帷幕。

邀请来为我们授课的，便是老战士李化武。

这是我第一次见到李化武爷爷。

他着一身特制戎装，身躯有残缺却十分挺拔，尽管上了年纪但精神矍铄。

我作为党员代表，同另外3名同志手牵党旗与同志们面对面站定。李化武站在第一排正中位置。

"我志愿加入中国共产党，拥护党的纲领，遵守党的章程，履行党员义务，执行党的决定，严守党的纪律，保守党的秘密，对党忠诚，积极工作，为共产主义奋斗终生，随时准备为党和人民牺牲一切，永不叛党。"

这些年，关于入党誓词，我们一遍遍重温。然而这次，我记忆尤为清晰。这不仅仅是作为年轻党员在一次次重温誓词中得到的心灵洗礼，更多的是来自眼前这位老党员由里而外散发的精神力量。

李化武的言行深深镌刻在了我的心里。

党课开始。

红星塔下的小广场上，李化武坐定，缓缓讲述起那段峥嵘岁月："我是1951年4月报名参军的，那时候17岁……"我们党员干部，或蹲或站地围绕在他身边，认真聆听，慢慢走进了那纷飞的战火之中。

我举着话筒蹲在李化武身边，阳光直逼他的眼，汗水油油地沁了出来。"昏迷了三天三夜醒来后，从卫生员那里我才晓得，好多战友都牺牲了……"李化武顿了顿，泪水顺着褶皱的脸颊蔓延开来。我掏出纸巾，准备替他擦拭。

"女儿（四川方言：一般用来称呼年轻女性），我自己来，你给我就是了。"他两只断臂从裁短的衣袖中伸了出来，夹着纸巾熟练地一番擦拭后轻轻说道，"右眼也在战争中失明了，现在一见强光就容易淌眼泪水，让你们见笑了。"

几十年过去，炮弹崩炸后留在他脸上的伤痕，慢慢凝结成黑褐色的不规则的大大小小的疤。前额的疤尤其明显，有大拇指盖那般大，鼓胀着。

后来，李爷爷让我摸过那个疤痕，"爷爷，很硬，疼不疼？"

"不疼，都过去了好多年了，早不疼了。"

是啊，都过去了。

但，一些坚硬的物质，永远留了下来。

宣讲中，李爷爷不休息。

"我不想年纪轻轻就在荣校白吃白喝，我就申请回到了农村老家，我还有腿可以走路，有口可以说话，我就能再继续做一些事……"故事在闪闪的红星下继续。

中途，我扭开瓶盖，递水给他。"女儿，我自己来，你给我就是了。"又是这句话，他伸出手臂来接我手中的矿泉水，断臂的截面触到我双手。

一瞬间，电流涌过，我身心再次为之一颤。

这就是那双能穿衣、吃饭、写字、劳作的手臂啊，那么柔软，那么温暖，骨子里又那么坚韧，钢铁一般。

"保家卫国，我从不后悔。我所做的算不了啥，是那些牺牲的革命先烈，是强大的中国共产党，让我们享受到了今天的美好生活！"他的嗓音昂扬清亮。

这堂课，我感触颇深，好几次抹泪揉眼。

在接受电视台采访时，我说："李爷爷的'初心'就是成为一个对国家、对人民有用的人。他用实际行动一辈子在践行这份'初心'。这份'初心'需要歌颂，更需要传承。"

一颗种子在我心里悄然发芽……

2021年4月的一个周末，我再也按捺不住，去李爷爷家里拜访了他。

中考临近，为不影响他孙儿李帅完成作业，我们选了嘉陵江边一间幽静的茶室。坐下来，一聊就是整整一上午，他跟我讲了他88年来的人生故事。

那天，茶室里的服务员都被吸引着驻足旁听，忘了手头的活儿，陆陆续续来的顾客也大都安安静静侧耳聆听。讲到关键时刻，大家连连夸赞，直慨叹："了不起！太了不起了！""真不简单！""原来这样的大英雄竟在我们身边！"……

是啊，此时此刻，英雄就在我们身边。

一声"到"，一生到

"如有来生，我还要做一个党的人、人民的兵。"

仲秋，元坝中学高一新生入学军训。

这些娃娃多是娇生惯养，军训的苦着实有些吃不消。学校决定邀请李化武为学生们作一次宣讲，以此振奋精神，鼓舞士气。

李化武毫不犹豫便答应了。

那天，热浪滚滚。

李化武坐在主席台上娓娓讲述起他的故事，他们的故事。

很快，不少学生便泪眼汪汪。都是十六七岁的年纪，李爷爷那时已经勇敢地报名参军保家卫国了，而自己现在连军训的苦都吃不了。

工作人员几次给李化武送上饮用水，他都没有喝；

建议中途休息一下，他也婉拒了。炎炎烈日下，他一直坚持讲了两个小时。其实，李化武是一个不想给别人添麻烦的人。他怕水喝多了要上厕所，怕中途休息，耽搁了学生们宝贵的时间。

宣讲结束后，学校还有其他议程安排，工作人员请李化武先行离开主席台去室内休息。李化武说，没得事，他还能坚持，要有始有终。

这不就是"不怕苦、不怕累"的精神吗！

这样的坚持本身就是一种引导和教育。

高一（七）班学生冯慧珍在笔记本上写道："爷爷的故事让我感动，也激励我奋勇前行。"

班主任李睿在班会课上，常常讲述李化武的感人事迹，因为老一辈的付出和牺牲才有了如今优越的生活、工作和学习条件，知恩于心，感恩于行，青少年更应该树立报效国家的远大志向。

这些年，李化武常去学校作义务宣讲，也应邀到机关或企业作公益报告，他从不讲条件，从不计报酬。

李化武是名副其实的红色义务宣讲员。

他说："只要自己能够做的，比如宣传，哪怕起一点点作用，我都愿意去做。不管哪个单位只要有需要，一打电话，我就去。只要我还能动，我就坚持去。"

其实，李化武的步履已显蹒跚，听力明显下降，记忆逐渐消退，但大家都说他哪里像快九十岁的人，他的骨子里始终喷发着无穷的力量。

每一次宣讲或报告，他总是身着那身特制戎装，精神抖擞，"宝刀未老"，讲起当年"血雨腥风"的战斗故事，谦和而淡然。

在学校，他讲过去生活的艰苦，讲现在生活的幸福，讲一切来之不易，要感恩和珍惜，要好好学习、加倍努力。

在机关，他讲党员的奉献与担当，勉励大家爱岗敬业、勤政务实，做党和人民的好干部。

对文艺工作者，他讲创作，讲表演，谈文艺的感召力，要满足老百姓精神文化生活的需求。

对部队战士，他讲纪律，讲身为军人的责任与使命，在党和国家需要的时候，冲锋在前、无所畏惧。

在退役士兵适应性培训暨技能性培训中，他以切身体悟鼓励学员退役不褪色、退伍不退志，要继续发扬特别能吃苦、特别能战斗的精神，尽快融入社会经济建设中。

……

针对不同听众，他结合自身经历，贴合时代气息，讲述的内容总是各有侧重，这对于一位高龄老人而言是何等不易。

他的故事总是能很快引发听众深切的共鸣，并为之
泪流满面。

他的宣讲没有手势，但在他挥舞的断臂下，我们能
真切感受到一位老兵的血性与坚守。作为军人，他从未
被风霜侵蚀或更改过，军人的风范丝毫不减。

场场报告，精彩纷呈，掌声总是一浪高过一浪，经
久不息……

他在，他的故事在，他的精神在，足矣。

2021年7月29日上午，广元市烈士陵园，8名参加过
抗美援朝、抗美援越的老战士捧着菊花依次而来，默
哀，献花，缅怀革命先烈。

山风浩荡，送来林涛和阵阵松针的清香。光影斑
驳，哀思延展。

敬礼！

又是这个举臂齐额的军礼，在一片绿军装中，李化
武显得非常特别。

在中国人民解放军建军94周年之际，广元市昭化区
为8名老战士举行了一个特别的"集体生日会"。

许心愿，吹蜡烛，切蛋糕……

温馨的场景总是能轻而易举开启记忆的阀门。老人
们讲述着过往，感慨着当下。

年纪大了，李化武有些耳背，一些话语他听得不太真切，但是看着这些老伙伴儿，看着身边围绕着的年轻人，看着组织精心安排的生日会，他忍不住泪光弥漫。

多少深情，都在这点滴之间。

蛋糕，真甜。

日子，更甜。

这些年，每个清明节，不论刮风下雨，李化武都坚持祭扫英烈。

2022年4月2日，我陪着他再次来到太公红军山。

雾霭苍山静，翠柏守英魂。

"缅怀先烈遗志　发扬光荣传统"，革命烈士纪念碑上这12个大字闪闪发光。

李化武用断臂捧着鲜花，缓步前行，迈上三级石阶，伫立在纪念碑前。深鞠躬，弯下腰，半屈膝，将鲜花敬献英烈。个头高，残臂短，他颇为费劲才将鲜花摆正放端。

挺胸抬头，举右臂，行军礼，89岁的他，竭力想让军礼像71年前一样……

《中国人民志愿军战歌》，这是李化武当年在休养院学会的第一首口琴曲子，一晃，那让他引以为傲的全国巡演的日子已经过去了60多年。纪念碑前，他从衣兜里夹出口琴，再次吹响。毕竟年岁过高了，气息大不如

前，口琴声声，微微弱弱，甚至时断时续，在我听来，却是这红军山上最嘹亮的军歌。

我陪着他走过革命烈士碑林。

他缓缓移步前行，一一注视每块墓碑上镌刻的英名。在马金印烈士墓前，他静默良久。马金印也是紫云人，他同乡，1953年6月20日在朝鲜桂湖洞东北对敌作战中不幸牺牲。他从裤兜夹出事先准备好的小毛巾，搭在秃肘上，反复擦拭墓碑上的五角星和烈士英名……

一草一木一忠魂，一山一石一丰碑。

李化武许诺过，要代替战场上逝去的战友们坚强地活着。说到就要做到。

"李化武！"

"到——"

一声"到"，一生到。

李化武说："如有来生，我还要做一个党的人、人民的兵。"

光荣在党65年

"把自己的一切交给党和人民!"

"一切向前走,都不能忘记走过的路;走得再远,走到再光辉的未来,也不能忘记走过的过去,不能忘记为什么出发。"

2021年3月,中共中央办公厅印发了《关于做好"光荣在党50年"纪念章颁发工作的通知》。党中央决定,2021年首次颁发"光荣在党50年"纪念章。

全国有党龄达到50周年、一贯表现良好的710多万名老党员获颁纪念章。

李化武当然是其中之一。

6月29日,在广元市昭化区"两优一先"表彰大会上,李化武等10名优秀老党员作为代表参加"光荣在党50年"纪念章颁发仪式。

进行曲响起，在年轻党员的引领下，李化武身披绶带，第一个走上主席台。

昭化区区委书记刘自强张开双臂，热情拥抱了李化武，眼里泪花涌动。刘自强为李化武戴上"光荣在党50年"纪念章，台下掌声四起。

65年前，李化武用布条将钢笔绑在残臂上，一笔一画写下入党申请书：把自己的一切交给党和人民！面对党旗，他郑重宣誓，眼神坚毅，表情庄严。

65年初心不改，65年践行诺言。栉风沐雨，千帆阅尽，仍是少年对党的绝对忠诚。

李化武举起残缺的右臂，又是这个熟悉的军礼。

此刻，他胸前的纪念章闪耀着无上的荣光，他的眼里翻涌着激动的热泪。

在座几百名党员干部无不为之动容。

掌声雷动，经久不绝。

这庄重、简朴的瞬间，被媒体拍摄下来，以原汁原味的短视频形式在"蜀道昭化"官方抖音号推出，一下子引起广泛关注。

"人民网"官方抖音号随即转发。《一个拥抱、一个敬礼……这些瞬间让人泪目！致敬老英雄》这条11秒的短视频瞬间火爆网络，点赞量高达117.1万次，浏览量数亿人次。

"没有你们当年的奋勇杀敌，哪有我们今天的国泰民安？""致敬老英雄！""这才是我们应该追的'星'，这才是最可爱的人！""瞬间泪目了。""感谢上苍留给他一丝光明，让他能看见祖国繁荣的今天。"……网友们纷纷含泪留言，表达敬意。

一代人有一代人的长征，一代人有一代人的使命。

一代代中国人，在党徽的光辉照耀和引领下，携手并肩，创造了丰功伟绩、繁荣盛世。

光荣在党，薪火相传，事业永续。

回首，泪湿长津

"我是中国人民志愿军12军35师105团3营7连4排战士——李化武……"

2021年10月，最火的爱国主义电影莫过于《长津湖》了。

9月30日上映，仅用时5时12分19秒，《长津湖》票房便突破1亿元。接下来，几乎每天都在刷新着纪录。

李化武在电视上看到了电影热映的新闻，70年前的沧桑岁月一下子涌上心头。这些年，每次应邀作报告都会讲起刻在骨子里的经历，但那真实还原战场的烟云跌宕的电影画面，在李化武醒来与睡去的光影里交织，他一向平静的内心先是泛起涟漪，继而涌起波浪。

他很想到影院看一看这部电影。

很快，四川太平洋影城成都沙湾店表示，能为李化武老英雄放映《长津湖》是影城的光荣，一定要完成李化武的心愿，他们为此精心准备了一场专场电影。

10月11日晚，我们陪着李化武抵达成都。这晚，一向睡眠很好的李化武许久难眠，难以抑制内心的激动。

第二天，李化武起了个大早，认认真真梳洗一番，穿上特制的戎装。

影院制作了翔实的"放映计划"，引领李化武在最佳观影的座位上落座。

电影开始。

当战士们的身影出现在画面里，过往岁月一一浮现在眼前。

《长津湖》俨然成了一个时空隧道。时隔70年，李化武和自己的战斗青春再次相遇。

1951年6月，自己就是穿着这种黄绿色的军装，上了这样拥挤又闷热的"闷罐车"，开往边境。这一生，从"闷罐车"到绿皮车，从普速列车到高铁，李化武坐过很多次火车，但对他来说，终生难忘的是这列直抵朝鲜的"闷罐车"。

上了这趟车，就是九死一生。

"当我跨过鸭绿江，看见对面炮火的时候，我的身后就是祖国。"

当年，李化武跟电影里的伍万里差不多，毛头小子一个，概念里还没有战场的残酷境况，一副天不怕地不怕的样子，一心想着为了梦想中的新生活搏上一搏！

看到电影里的七连炮排排长雷睢生，李化武一下子想起自己所在部队的高排长了。当时的排长，姓高，个头却小小的，人又老实，大家都叫他"小鬼"，他也乐呵呵地应和。

高排长是一个柔情的硬汉，很照顾李化武，在教他使用武器的时候，时常叮嘱他一定要守护好这唯一的一门"60"炮。炮的拆卸，炮弹装填，瞄准，发射……自己掌握的技能都是高排长和老兵们一手一脚教出来的。

"我把标识弹给你们送回去。"雷排长驾驶着汽车载着标识弹向着敌人撤离的方向狂奔而去……这样的选择他没有丝毫犹豫，可他也是有血有肉活生生的凡人呐，他忍着弹药火烧和白磷腐蚀的巨大痛苦，颤抖着嘴唇断断续续说道："疼……疼死了，别把我一个人留在这儿。"气息一点点慢慢弱下去，直到失去知觉……余从戎帮他合上眼睛。

"排长，不疼了，再也不疼了……"李化武早已泪流满面。至今他都不知道自己的高排长是否也牺牲了……

熟悉的战场，枪林弹雨里，眼睁睁看着战友们倒下。喷洒的鲜血，惊雷般的爆炸，焦煳的烟气，刺鼻的血腥味……有多少母亲失去了儿子，有多少妻子失去了

丈夫，有多少孩子失去了父亲……

都是肉体凡胎，谁都不是刀枪不入，可能战士们都没想到自己会那么勇敢和无畏。壮烈的悲歌声中，没有人不爱着祖国深沉厚重的大地，每一寸领土，都绝不容侵犯！

"不相信有完不成的任务，不相信有克服不了的困难，不相信有战胜不了的敌人。"

"我是一名光荣的志愿军战士，冰雪啊！我决不屈服于你，哪怕是冻死，我也要高傲地耸立在我的阵地上！"

"上了战场，就是英雄。"

"希望下一代，能够生长在一个没有硝烟的时代。"

……

空荡荡的影厅里，就李化武一个人，默默地坐在那儿，每一帧画面，每一句台词，都深深扎进他的心里，任凭眼泪潮水般涌过脸颊。

要是此刻他的身边坐满了战友，那该有多好啊。

上午12点，电影落幕。

"伟大的抗美援朝精神历久弥新，伟大的中国人民志愿军烈士永垂不朽……"字幕缓缓显现，李化武从电影中回过神来，他整了整军装，站了起来，挺直腰板，抬起缺残的右臂，对着大荧幕，敬献了一个特殊的军礼。

时光漫溯，冲锋号激昂回荡在耳边，如雨的子弹、如霞的鲜血浮现在眼前。所有的能量与精神集于一身，岩石一般坚硬，山峰一样挺拔，血脉和筋骨柔韧着，强壮着，熊熊燃烧着。

人在，旗在，阵地在。

人在，旗在，阵地在。

影院还送给了李化武一份特别的礼物——《长津湖》剧组的纪念品：伍千里、伍万里的"家书"和剧中七连战友的黑白照片。

爹、娘：

    万里在我们七连，他很平安，二老放心，我们马上要出发了。美国鬼子现在对咱们的邻国动手，下一步就是咱们。毛主席给咱家分了二亩三分地，圆了几辈子的梦想，现在有人想把他抢回去，这个不能答应！这场仗我们非打不可。等打完仗，我就带万里回家，盖房子，再给他说个媳妇。请二老放心。

    随信附上我们七连最近的照片一张。有我，有万里，还有雷公、梅生、余从戎、平河几个战友。

有我们在，美国鬼子别想踏上咱们中国一步！

　　此致

安康

　　　　　　　　　　　　　儿：千里　万里

　　　　　　　　　　　　　1950年11月

　　字字句句，皆为心声。那些思念、遗憾、悲伤以及志愿军战士骨子里的信念和力量，再次汹涌而至，李化武的泪水又泛滥了。

　　走出影院时，他喃喃自语道："我是中国人民志愿军12军35师105团3营7连4排战士——李化武……"

老兵世纪同框

“这是我们最后一次见面吧……”

“我感觉身体一日不如一日了，想趁着还能走动，回去见见老战友。”这是李化武第一次提出想回休养院看看。

2021年10月12日，我们陪着李化武回到了四川省革命伤残军人休养院（1963年10月，由四川省革命残废军人教养院更名）。

时间已经过去了整整58年。

当年，他不愿意过“衣来伸手臂，饭来张开口”的“安逸”生活，毅然决然返回农村，靠着两只秃肘，靠着内心强大的信念，靠着家人的理解与支持，在黄土地扎下根来，顽强地生活并奋斗着。转眼，58年了。

在门口等候他的是休养院里87岁老兵周全弟。

周全弟是中国人民志愿军26军77师231团1营2连战士，在71年前的长津湖战役中，极度的严寒让年仅16岁的他永远失去了双手和双腿。

两位断臂老英雄眼含热泪，笑着说："这也没法握手呀，我们就碰碰肘吧。"

李化武弯下身子伸出双臂，轮椅上的周全弟抬起他的双臂。

两人肘肘相碰。

两人肘肘相握。

泪水，倏然而下。

这特殊而温情的见面仪式，让在场的我们，也让广大网友瞬间破防。

"最近身体好吧？"

"身体可以。"

"我就是回来看一看，一晃从这儿离开几十年咯！"

"你早就该回来看嘛！早就该回来嘛！"

"就是想回来看看，这里比之前大变样了。"

"变咯，变咯。"

"多想念战友们的。"

"那时我们一起学吃饭，学穿衣，学写字，过了一段难忘的日子。"

"你没有手，又没有脚，我们还给你取了个绰号，还记得不？"

"哈哈，'矮冬瓜'嘛，你们都这样喊。"

"是嘞，是嘞，你当时也不生气。"

"咋会生气呢，怪亲切的。哎呀，好多年过去了。"

"就是哦，我们都老咯。"

……

两位老人有聊不完的话。

"李化武啊！"看到李化武远远走过来，涂伯毅兴奋地直搓手，"李化武呀，我咋个会记不到嘛！"他一边跟身边的工作人员说着一边快速朝这边走来，上前就给了李化武一个大大的拥抱。

"哎呀，好长时间没见了。"

"哈哈，哈哈。"涂伯毅不断轻拍李化武的后背，高兴得合不拢嘴。

老人们一见面就打开了话匣子。

"易如元还在不？"

"在，在，他爱人也还在。"

"金俊成呢？"

"金俊成死了，在夹江。苟忠玉也死了。"

"苟忠玉哇？他也死了？"

"死了，他在酉阳，原来在中江。"

"还有，还有骑车那个叫？"

"杨大信嘛！"

"哦，对对。"

"杨大信我还不晓得情况，他也回老家去了。"

……

"你还记得不，当时我们演出队一起去北京演出，还到各地巡演，你口琴吹得可真好……"

"我那不算啥，你还是我们合唱的指挥呢。"

"天天不是排练就是演出，好像有用不完的劲儿。"

"完全不晓得累。在后台，你还帮大家化妆呢，又是画眉又是打粉儿的。"

"哈哈——"

……

从战场到家乡，从工作到生活，从亲朋到战友，谈起生活，谈起生死，老人们显得风轻云淡，脸上挂着笑意。逝者也好，生者也好，眼前人也好，分别后再也没见到的人也好，生命这一遭，他们共同走过，足矣。

涂伯毅90岁了，他经历了抗美援朝战争第一、第二、第三、第四次战役。1951年2月14日，第四次战役期间，涂伯毅被敌军投下的凝固汽油弹烧伤致残，手指蜷曲，面目全非。但坚毅的他克服了肉体上的痛苦，后来担任休养院爱国主义教育主讲人，为四川省乃至全国

八千里路

的爱国主义传统教育事业，做了大量的工作。

"来，来，这里有几张照片你来看下。"涂伯毅拉着李化武来到四川荣军博物馆为他依次介绍。

一张一张，一幕一幕，两人久久沉浸在过往。

"在抗美援朝战争中，中国人民志愿军发扬伟大爱国主义精神和革命英雄主义精神，勇往直前，浴血奋战，为保家卫国做出了重要贡献。志愿军将士及英雄模范们的功绩，党和人民永远不会忘记。"走到"习近平给四川省革命伤残军人休养院全体同志回信"的展板前，涂伯毅朗读着习总书记的回信内容再次激动得哽咽；李化武嘴角上扬，连连点头，泪花闪闪。

如今，烽烟殆尽，岁月静好。

准备返程时，老人们依依惜别，相互拥抱。

"走咯，我走咯，你们保重。"

"嗯，你也是，保重身体。"

"送到这儿就行了，你们回吧，回吧。"

站定，他们郑重地互敬了军礼。

尽管不再年轻，但几位老人的目光，一如几十年前在战场上那般坚毅。

李化武转身，一步一步，万般不舍。

"只要我们休养院还有一个老兵活着，这里——永远是你的家！"是周全弟的声音，李化武真真切切听到了，他知道，这里有他生死与共的兄弟，这里永远是他的家。

李化武忍着，忍着没有再转过身去，只是深深地，深深地点了点头，几滴泪"啪嗒啪嗒"落在脚下。

车子终究还是开动了。

李化武隔着车窗回望，休养院的大门越来越小、越来越小。

良久，他喃喃道："这，只怕是我们最后一次见面了吧……"

高校掌声起

"小罗，早啊。"李化武下楼，看见我已在等他，远远地就朝我挥动他短短的臂膀。

"早啊，爷爷，睡好了没？"

"睡好了，睡好了，你们安排的这条件太好咯。"

李化武一向简朴，早餐选择了一碗清香的小米粥和一块热腾腾的桂花年糕。

他从不愿麻烦谁，我还是帮他从裤兜里掏出吃饭用的系了结的布条。"好，好，我来，我来，我得行。"他熟练地将布条套在断臂肘上，插入勺子，开始吃早饭。

我将年糕掰成几块，他舀起一块，吃得津津有味，袅袅的香气很快迷离了我的双眼。我拿出手机，偷偷为他拍了照片。这人间烟火气呀，多么抚人心。

我希望，我还能陪他吃很多次很多次饭。

此行，李化武作为党史学习教育宣讲员，应邀为高校学生作报告。

饭后，我们前往西南石油大学。

车子行进在成都宽敞的马路上，高楼林立，车水马龙，他看着窗外，陷入沉思，良久，他跟我说："这时代发展真的是太快了，以前哪里想过这辈子还能过一过这样的幸福生活。"

"爷爷，对呀，变化是真的大。我们没有吃过你们吃过的那些苦，我们一出生日子就不算苦，没有你们，我们又哪里能享今天这样的福。"

"在你们这些年轻人身上，我看到了牺牲带来的意义和价值，也能看到我们国家的未来与希望。"

陪李化武在西南石油大学参观了一圈，他说："几十年前我也到过一些学校作报告，现在的大学条件真的是好。"

阳光洒下来，万物明媚，我分明看到了他嘴角上扬的青春。

思学楼报告厅里，主席台上方是"聆听革命故事传承红色基因"红色横幅，大屏幕上滚动播放着前一日拍摄的短视频《这场〈长津湖〉为他一人放映！》，他的眼里又泪花点点了。

我轻轻摩挲他的肩膀，他回我以微笑，且轻轻点点头。几年的相处，我和他之间有时已不需要过多的语言，一个眼神，彼此便都能明白。

同学们陆续进入报告厅，看到李化武时，无不露出惊讶的表情。

报告开始前，主持人给同学们简要介绍了这位"李老英雄"的情况。李化武站起来面向同学们行礼致谢，台下顿时掌声四起。

我引着李化武走上报告席，我的心跳和脉搏里，是他刚劲有力的步履。站定后，他挺起胸膛，举起右臂，再次行礼，台下爆发出雷鸣般的掌声。

学生代表手捧鲜花走来，向前辈致敬，掌声再一次响起。

"同学们，大家好，我叫李化武，1933年出生在广元市昭化区元坝镇……"报名参军、负伤疗养、全国巡演、回乡建设、义务宣讲……一个个亲历故事，引着学生们回溯他曾经的峥嵘岁月。

李化武说，因为没有死，所以要拼命地活。

这不就是他波澜壮阔的一生吗？

学生们正襟危坐、聚精会神，生怕有一句听漏了，一个个热泪盈眶，不少学生一次次抹泪。

八千里路

　　其实，李化武的宣讲和报告，我听了一次又一次，可每一次那湿漉漉的泪都会流进嘴角。

　　报告结束后，全体师生齐刷刷站起来，向李化武鼓掌致敬，掌声经久不息……

　　很多同学不愿意离开，他们围拢在李化武身边，争先表达敬佩之情。李化武亲切地与他们互动交流："你们是国家的未来，国家的发展要靠你们，你们要加倍努力，将来成为最优秀的人才……"

　　中午12点，李化武告别西南石油大学，此次成都之行圆满完成。

　　我们在成都新都站乘高铁返回广元。

　　路上所经之处，全是肃然起敬的目光。

　　"您……您是那个英雄？！李化武老革命？！"李化武笑着轻轻点点头。

　　"呀，真的是您！您太了不起了！"几个路人围上来，纷纷竖起大拇指。

　　"您是李老？您来成都看《长津湖》了，我刚在抖音刷到，没想到居然能碰到您本人！简直不敢相信！"一位中年女士激动万分，电话屏幕上还在一遍遍播放那条抖音短视频。

　　"儿子，快看，快看，这就是咱国家的功臣，我们学习的榜样！"一位父亲对身边的孩子嘱咐道。

"李老前辈，我在绵竹工作，您的故事太励志了，我可以邀请您来为我们单位作报告吗？"出差中的一位干部更是现场发出了邀请。

……

李化武回以微笑，致以感谢。

我帮他抱着鲜花，陪伴左右，万千感慨激荡于心，万丈光芒浸润于身。

"任何时代的英雄都是这样一种人：他们以惊人的忠诚、决心、勇气和技能完成了那个时代放在人人面前的重要任务。"

我想，这世上的英雄不是从天而降的，而是一个个凡人在关键时刻挺身而出。

为常人不能为之为，历常人不能久之久。

他们因奉献而伟大，因坚守而崇高。

李化武就是这样的英雄。

跨越千里的军礼

"只有伟大的中国共产党的领导，才能做到这样，老百姓才能有这样的好日子，这是其他国家无论如何也比不了的。"

"换了衣裳，我们下楼。"说话时，李化武已经穿上那套特制戎装。

"你这几天身体不好，要不就不下楼去了嘛？"儿子李开杰一边为父亲扣纽扣一边商量道。

"说啥呢！那咋行？人家那么老远来看我，我不下去接，那像个啥话？"

"好好好，依你，依你，我跟你下去。"

一段时间以来，李化武的身体不太好，常常觉得心慌、气短、疲乏和倦怠。之前在广元市人民医院住院保守治疗了两周，又去华西医院做了检查，确诊为心脏瓣

八千里路

膜病。医院安排几天后手术。

我们陪伴左右，进电梯，出单元门，朝小区大门口走去。

平时走起路来，李化武步履稳重，步幅一致，病情加重后，他的步距明显减小了，步速也减缓了。我发现他的脊背也微微驼了。好像突然老了一截，我的心一阵生疼。

而此刻，他竭力加快速度，又不时地看看我，压制不住兴奋，一丝丝亮光闪烁。

"慢点儿走，爷爷，不急，不急。"

远远地，李化武看到几位年轻的军人出现在小区外，瞬间泪眼迷离。

他加快了步伐走近大门，一时激动得说不出话来。

"向老前辈致敬！敬礼！"这位专程从江苏徐州赶来的中国人民解放军73087部队代表小程向李化武敬礼，致以崇高的敬意。

李化武用力点点头，回敬了军礼。

小程上前，张开双臂，温暖地拥抱住这位老前辈。

二人紧紧相拥，李化武依靠在小程的肩膀上，泪水夺眶而出。

许久，李化武才一字一句道："感谢，太感谢了，感谢首长，感谢同志们，感谢，感谢……"

"我们部队看到了您的新闻，了解了您参加抗美援朝负伤后又自立自强的先进事迹，就决定派我们作为代表来看望您。我们部队现在沿用的就是您原部队的番号呢！”

“好，好啊，好啊。感谢，感谢你们。”李化武哽咽道。

“我们来看望您，一是表达我们的敬意，同时也希望带着您的嘱托，回去给我们的士兵们加油鼓气。”

李化武直点头，眼睛绯红，泪如雨下。

到家坐下来，面对众多摄像机，李化武第一次显得有些紧张。当然，也是太激动了。

近一分钟时间，他噙着热泪迟迟没有开口，左右缓缓环顾，直到看见我才坚定了目光。他侧向我的方向，亲切地叫了一声：“小罗？”

“唉——爷爷，我在，我在这儿哈。”我看着他，微笑着点头答道。

他回以微笑，然后转向镜头，开始讲述起自己的参军战斗经历，全国巡回表演，返乡投身建设……光阴荏苒，过往历历在目。

“部队现在恐怕没用‘60’炮了吧？”

“嗯，早就不用了，欢迎您来部队看看我们现在新的装备。”

“现在部队的武器，肯定比我们那时候好多了哦。”

八千里路

我很想看看部队的发展变化。"

"我们期待您早日回部队走走看看，也给我们提希望，作指示。"

"我确实感到很惭愧，党和人民给了我很大的关心，特别是部队。离开几十年了，但部队的首长、战友们没有忘记我。这是第三次来看我，我很感动，也很惭愧。我对国家、对党没有多大的贡献，没有做到更多的事情，但党给了我很多荣誉。回来后，党委、政府非常照顾我这个残疾军人。"

"这是您应得的，您是我们的英雄，是我们学习的榜样。"

"那些流血牺牲的前辈们、战士们才是英雄，没有他们，就没有我们祖国的繁荣富强。这些年，我体会到，只有伟大的中国共产党的领导，才能做到这样，老百姓才能有这样的好日子，这是其他国家无论如何也比不了的。"

"是你们换来了今天的幸福生活，您要保重身体，好好享一享这繁华盛世的福。"

"谢谢你。请你回去代问首长和战友们好，请他们放心，我虽然残疾了，但我现在生活得很好。广元市委、市政府，市委宣传部，昭化区委宣传部、区退役军人局，都在积极安排我回部队的事宜。只是我最近要做个小手术，等我恢复了，一定来。"

"您是我们部队目前能找到的年龄最长的前辈了，

希望您能为我们年轻的战士们嘱咐几句。"

"现在武器比我们那时先进多了，你们要好好珍惜，好好锻炼，好好努力。希望你们人人成为祖国的好儿女，在国家需要你们的时候，勇敢地去战斗！"面对镜头，李化武深情嘱托。

部队一行代表也给李化武带来了礼物——一本《老槐树精神放光芒》。

1963年，73087部队辗转移防进驻"马山坡"，可映入眼帘的景象却让他们难以接受：荒草丛生，鸟兽不栖，只有一棵碗口粗的槐树在山风中瑟瑟发抖。初来乍到的官兵们看着今后要扎根生活的地方，一脸迷茫。站在槐树前，老团长说："没有路，我们自己修；没有房子，我们自己建；没有树木，我们自己种。这棵树能够扎根在这里，我们也能，扎根马山，创业奉献。"

春去冬来，历任官兵发扬愚公移山的精神，以一镐一锹、一锤一钎劈山筑路，垒石建房，植树成林，将这里变成了春有花、夏有荫、秋有果、冬有青的温暖营院。而这棵槐树，也始终以无声之姿见证着这个隶属于东部战区陆军步兵旅的奋斗历史。

"在我们看来，您就跟那棵老槐树一样！"小程轻轻摩挲着李化武微微弯曲的脊背，热泪盈眶。

"任尔东西南北风"，老槐树精神永放光芒。

华西医院的特殊党课

"生在我们这样的社会主义国家，走在哪里，
感受到的都是温暖。"

2021年11月23日下午，在四川大学华西医院心脏大
血管外科的医生办公室里，正举行一场别开生面的康复
庆祝仪式。

李化武接过蛋糕和鲜花，感动不已："生在我们这
样的社会主义国家，走在哪里，感受到的都是温暖。"

说来，还是5年前，李化武体检时发现患有心脏疾
病。考虑到自己年纪大了，手术风险较高，主要是花费
更高，李化武坚持选择保守治疗。他一向执拗，儿女们
也只有依了他。

到了2021年9月，李化武感觉症状明显加重，精气
神儿萎了许多，日常生活也受到了影响。

在市医院保守治疗了两个星期，还是没能得到大的改善。

在儿女们轮番给他做思想工作后，他才答应去成都检查。

11月2日，李开杰带着李化武到华西医院就诊，经检查，确诊为单纯主动脉瓣重度反流。

关于李化武的英雄事迹，大家通过电视、报纸、新媒体早已熟知。如今，李化武患病前来就诊，华西医院心脏外科郭应强教授微创瓣膜团队深感责任重大，又备感荣幸。

团队对李化武的身体进行全面评估并经过多次深入讨论，建议安排在10天后进行经心尖导管主动脉瓣置入术（Transcatheter Aortic Valve Implantation，简称TAVI）。

11月10日，入院。

11日，完成各项检查，进行精心的术前准备。

12日上午，手术开始。参与这次手术的，是团队中最强的力量。

李化武在麻醉药中沉沉睡去，食道超声心动图提示主动脉瓣重度反流，瓣叶无增厚、钙化；造影下提示主动脉瓣闭合不佳，瓣口大量反流。

手术有条不紊地进行着。

郭教授首先应用定位键精准导航下找到自身瓣膜位

置，确认定位键和瓣环位置准确后，逐步释放瓣膜，瓣膜充分膨胀后，瓣膜释放后造影及食道彩超确认瓣膜位置及功能非常良好，手术顺利完成，整个手术流程一气呵成，瓣膜在2分钟内顺利植入。

术后，即刻造影主动脉瓣返流消失。经食管超声心动图示瓣膜反流消失，人工瓣功能正常，心电图示无房室传导阻滞。

整个手术用时不到40分钟，李化武生命体征平稳，被转至监护室。

之后，他苏醒过来，无任何手术并发症。

24小时后转至病房，李化武的身体状况渐渐恢复。

两天后，他便能下床活动了。病友们都赞叹：这哪里像年近90岁又刚做完心脏手术的老人呀！

李化武是微创瓣膜团队实施的第900例经导管微创瓣膜手术的患者，术后状态很好。

其实，李化武在华西医院检查身体的那天，我也在成都开会，会议议程整整两天，我没能陪着他。

回广元后，我第一时间去他家里看望，他跟我说："小罗呀，医院说要手术，不晓得情况如何哦。"对于这样的治疗方案，他还是有些顾虑的。

"没事，爷爷，要相信咱国家的医疗技术，这只是一个微创手术，几天就恢复了，以后咱的身体就再也没有负担啦。"

他看着我，点点头，泪花闪烁。

任何一个患者，对手术的风险都格外在意，李化武也不例外。他是死过一回的人，对生命便更加珍惜；当然，对他而言，他坚定地相信我们国家的日益强大以及社会的发展变化。他不畏惧疾病，更信任华西医院该项手术的世界领先水平。

他真正需要的，可能正是我们——陪在他身边的亲友们。

在去医院的动车上，李化武心事重重。

李开杰安慰他："莫怕，我在呢。手术后几天就恢复了。"

"我不是怕手术，我是觉得我这一生病又给组织添麻烦了。医生说没，要花好多钱？"

"没多少，你就莫想那些了，放宽心，治好了就好。"李开杰没有透露医疗费用。

躺在病房，李化武就琢磨着费用的事儿，他跟病友打听，跟护士打听，再三询问李开杰，当他知道已经花了20多万元时，完全不淡定了，因为他的医疗费用是全额报销的。

他一心想着："我早一天出院，国家就会少负担一点儿，这可不是个小数目。"每天，他都嚷着要出院。

医院在认真检查确认各项指标达标后，才为他确定了出院时间。

医院希望李化武能为他们作一场宣讲，时间定在出院前一天下午。

李化武欣然答应。

但他不知道的是，宣讲前，医院特意准备了这场康复庆祝仪式。

再一次讲起往事，烽烟俱尽。不同的是，他带着一颗术后跳动有力的心脏，几多感慨，几多感恩。

在场的医护人员早已泪眼迷蒙。李老英雄的精神，激励他们在今后的工作中，冲锋在前，勇挑重担，争做新时代的医疗先锋。

这堂医院里的特殊党课，其意义不言而喻。

荣誉之光

"我要把自己的一切，包括生命交给党和人民。"

车子驶入城区。

宽阔的主干道两侧路灯柱悬挂着鲜艳的五星红旗，袅袅微风中，一片明媚的红。人民广场和公园布置一新，花团锦簇，生机盎然。

李化武望着车窗外，露出浅浅的笑意。这座红色文化积淀深厚的城市，他向往已久。

邓小平故里——四川广安，终得一见。

"四川好人"——获此殊荣，李化武只觉得自己所做不多，受之有愧。不过，应邀来参加发布仪式，他的内心还是颇为激动的。

9月29日上午9：20，李化武身佩绶带，精神抖擞，走过红毯，在热烈的掌声中步入广安市人民广场大剧院。

在2021年第三季度"四川好人榜"发布仪式上，一位位好人相继登场，一段段故事娓娓道来。他们是新时代诚实守信、敬业奉献、孝老爱亲、助人为乐、见义勇为的典范，是我们身边的好人。

助人为乐类颁奖环节，主持人饱含着热泪采访了李化武，掌声一阵又一阵回响。他说："我要把自己的一切，包括生命交给党和人民。"

这是李化武一辈子坚守的不变信念和行为准则。

他举起右臂敬礼的那一刻，现场观众以及通过新华社现场云、四川文明网、"文明四川"视频号等多个平台收看直播的网友们泪水盈眶。

"一薪一木，雪中送炭，温暖他人心房；一点一滴，汇成江海，昭显大爱无疆。乐善好施，守望相助，赠人玫瑰，手留余香。"致敬词道出大家的心声。

向助人为乐的好人，致敬！

我们常说，如果信念有颜色，那一定是中国红。

什么样的中国红？

"在我看来，中国红就是像李化武爷爷这样以青春之我报效国家的热血红；是'退役不褪色'，时刻以人民利益为先的奉献红；更是阔步走在中华民族伟大复兴征程上的强国红。"广安职业技术学院大二学生陈雨露给出了她的答案。

李化武，以及各行各业涌现的好人们，身心散发的道德之光和榜样力量宛如煦煦春阳，柔柔地洒向巴蜀大地，暖暖地照进大家的心窝里。

一个多月后，李化武被评为"中国好人"。

11月18日，"中国好人榜"发布仪式在四川省达州市举行。

因为刚在华西医院做完手术，这次李化武没办法亲临现场。当年，自己受邀前往达州作巡回报告，长达一个月，几十年一晃而过，达州定是有了天翻地覆的变化，挺想再去走走看看，但遗憾只能在病床上静养。

达州巴山大剧院内，一段段好人故事的深情讲述，如一串串跃动的音符，一股股回甘的清泉，沁人心脾。

李开杰代父亲领受荣誉。

往届"中国好人"向他颁发了"道德传家宝"。李开杰双手捧着，万千感慨与感动交织于心。

接受采访时，他娓娓道出父亲的故事，质朴的语言感染了现场和线上观众。

即便萤烛末光、尘埃之微，亦可增辉日月、补益山海，何况是李化武这样的榜样呢？

平民英雄，凡人善举。

我们有理由相信，一个好人将带动一群人，一群好人将引领社会风向，最终汇聚成生生不息的精神文明力量。

几十年初心如炬，几十年风雨躬行，几十年大爱无疆。

李化武是广元这片红色热土养育的杰出儿女代表。他也被评为首届广元市道德模范。

"德润广元，善行天下。"

2021年12月24日，首届广元市道德模范颁奖典礼举行。

大病初愈的李化武再次登上领奖台。

荣誉、鲜花、掌声，这些都不足以表达人们对这位老战士、老前辈的敬意。

谈及日复一日、始终如一的付出，李化武总说自己做的还远远不够。

"因为我是一名党员，我应该尽自己的力量，宣传党的政策，宣传社会主义制度的优越性，宣传革命先烈的先进事迹，用他们的实际行动来鼓励群众，鼓励青年一代，使他们更好地工作，更好地学习，更好地生活。"

他就是这样，始终默默地奉献着。

"广元市模范退役军人""四川省自强模范""四川省最美老人"……在一项又一项荣誉称号面前，李化武总是满怀感激而又格外谦虚。

八千里路

发挥余热，搞好义务宣传，已然成为李化武为之终生奋斗的事业。

老骥伏枥，志在千里。

2022年3月18日，第二届天府人物推介活动星光盛典在成都隆重举行。

志愿军老兵团队荣获追光2021天府"特别致敬人物"。

李化武和周全弟一起登上星光盛典，领受属于志愿军老兵团队的荣光。李化武怎么也没想到，去年一别，几个月后，他们居然能在这样的场合再次相聚。

"虽然我们的身体残疾了，但是我们的心没有残疾，我们还会为党、为人民做出贡献。"颁奖典礼上，李化武言语铿锵，话音未落，掌声如雷鸣。

他们以勇毅展现了中华民族的铮铮铁骨，他们以豪迈彰显了时代丰碑的榜样力量；他们是历史的创造者，亦是历史的见证者；他们永远是中华大地上最可爱可敬的人。

追光——他们就是我们追逐的那道光。

待续华章

"只要还有一口气在，我就要继续做一名党的宣传员。"

"爷爷，您的手咋啦？"

"打架嘛，打没了。"

"啊？那您为啥要打架呀？"

"当年那一架，我非打不可哦。"

……

每每被问及，李化武都笑着这样回答道。当得知实情，人们无不肃然起敬。

如今，岁月安然。

李化武89岁了，一日三餐简单朴素，每天下楼转转路，定时看看时政新闻，身体健康，精神饱满。

哪里有需要，哪里有邀请，他就去哪里宣讲。

他说："只要还有一口气在，我就要继续做一名党的宣传员。"

周末，我常常陪他去嘉陵江边散散步，聊聊天。暖
暖的阳光照下来，江水澄澈，碧空悠远。

那一片的常住居民都知道他是一位了不起的英雄，
纷纷问候，打招呼，或是热情寒暄。

他没有用手机，很多次，我都是沿着江岸找到了他。

次数多了，连环卫阿姨每每见到我，都主动跟我指
李爷爷转路的方向。

有时，一些参观皇泽寺的游客碰到他都会聊上几
句，得知他是志愿军后，连连称赞。

也有时，碰到一些老年人，问候说："转路啊？这
是你孙女儿？"

"嗯，孙女儿。"李爷爷笑着回答。

我嘴角不由自主地扬起，鼻子却酸酸的，眼泪很快
就下来了。我迅速揩去，不让爷爷发现。

我是他的孙女儿，这点，再也不会改变。

2020年第一次和爷爷聊天之后，我用了一个月，写
下了短篇报告文学《来生还做人民的兵》，也获得全
市、全省庆祝建党百年征文一等奖等多个奖项。

我欣喜不已。我深知，能得到肯定和赞誉的绝不是
我的文字，而是李爷爷在战争中浴血奋战、英勇顽强、

保家卫国，在和平建设年代深藏功名、自立自强、无私奉献，一生初心不改的感人事迹。

多一个人知道他的故事，就是多汇聚一点正能量。

而我也因为这些文字，与李爷爷结下了深深的缘分。

几年来，我成为李化武同志典型事迹宣传工作专班成员，多次深度采访，收集整理翔实资料，组织开展各种活动，进行先进事迹宣讲……在这过程中，我一次次被感动着。

人间三月，春水初生，春林初盛。

广元市委决定：在全市范围内广泛开展向李化武同志学习的活动！

我作为李化武同志先进事迹巡回宣讲报告团的一员，倾情讲述他的动人故事。

我们讲述，我们聆听，我们感悟，最终，我们汲取这份榜样和精神的力量，继续奋斗，勇毅前行。

多少个深夜，多少个黎明，我打开电脑，一次次泪湿键盘，写下了这个长长的关于李爷爷的故事、关于我与李爷爷的故事……

而一个又一个中国故事，仍在继续。

它们，自自然然地生长着，生长着……

八千里路